ハヤカワ文庫JA

〈JA1449〉

黒猫と歩む白日のラビリンス

森　晶麿

早川書房

8566

黒猫と歩む白日のラビリンス

目次

本が降る 7
鋏と皮膚 75
群衆と猥褻 135
シュラカを探せ 195
贋と偽 267
黒猫と付き人による〈ラビリンス〉補講 333

黒猫と歩む白日のラビリンス

本が降る

■鋸山《のこぎりやま》奇譚

A Tale of the Ragged Mountains, 1844

神経痛の治療のため、催眠術の名医テムプルトンに治療を依頼したオーガスタス・ベドロウ。その甲斐あって徐々に快方に向かうも、ある時、ベドロウはいつものように鋸山という山に散歩に出かけたきり帰らず、夜半にようやく帰宅する。そして奇妙な体験を語りだす。

ベドロウ曰く、入り込んだ谷間に不思議な洋館が現れたかと思うと、突如戦火に巻き込まれ、蛇がくねったような毒矢で命を落としたのだとか。しかも、死体となった自分をベドロウ自身が見下ろしていたという。

人々は夢でも見ていたのだろう、と信じようとしないが、テムプルトン医師は、ベドロウにそっくりの男が写った古い写真を持ち出してくる。写真の人物の名はオルデブ。インドで起こった暴動を鎮めようとした際に、毒矢で死んだイギリスの軍士官だった……。

1

天才に関する記憶は、麝香《じゃこう》の匂いと似ている。

微《かす》かに獰猛《どうもう》で、そのくせ甘美。最初の衝撃が遠のいても、浸るほどに思いがけぬ表情をみせ、最後には寡黙な貴婦人のように尾を引く香りをそっと残す。

まだこちらがエドガー・アラン・ポォの研究に目覚めたばかりの学生時代、その天才、有村乱暮《ありむららんぼ》は、通り雨のごとく唐突に大学に出現した。それまでも乱暮はふつうに大学に通っていたのだろうが、多くの学生は四年になるまでその存在に気づかなかった。

夏を過ぎてみんなが卒論に目の色を変え始める頃に、乱暮は名のある出版社から詩集を発表した。その年の瀬には新人賞も受賞して瞬《また》く間に脚光を浴びると、彼の破天荒な人格までもがメディアによって日の下に晒《さら》されることになった。

校舎を歩いている姿を見かけると、必ず周囲の誰かが騒ぎ出した。ほら見て、有村乱暮よ、と。

　そこから卒業するまで、大学ではどこもかしこも乱暮の話題で持ち切りだった。乱暮が有名になって初めて顔と名前が一致した。ああ、あのいつも学部図書館前の銀杏《いちょう》の樹の下で寝そべって、足先を小刻みに揺らしながら本を読んでいた、山猫のような美青年が有村乱暮なのね、と。詩人になる前はさらさらした黒髪が印象的だったが、脚光を浴びるようになってからの彼は、まるで異国の貴公子のような風貌になっていた。

　意識して観察するようになってからは、何度か学部図書館へ向かう姿を目撃したし、乱暮目当ての女子学生がサインをもらおうと学部図書館に駆け込むのは、いつしか呆れてしまうくらい見慣れた光景になっていった。

　乱暮は、まだ何者にもなれていない同世代にとって強烈な磁場となった。ある者は自分のことのように誇らしく感じていたし、ある者は毒虫でも見るように憎悪の念を込めて陰で悪態をついた。賞賛、羨望、嫉妬、それらすべてが今となっては単一の光が映し出したそれぞれの現在地に過ぎなかったのではないかと思われるくらいだ。

　やはり学内ですでに頭角を現していた学生に、その後二十四歳にして美学教授となる黒猫がいたことは今さら言うまでもないだろう。けれど、黒猫の〈天才〉と乱暮の〈天才〉

は同じそれでもニュアンスがだいぶ異なる。乱暮は〈歩く表現体〉のような男だった。〈天才〉が果実みたいなものならば、有村乱暮は木天蓼《またたび》の実だ。その味は時に舌を痺れさせもする。

乱暮の才能に、黒猫は詩集を出す前から注目していたらしい。詩学の授業で履修生全員に詩の提出が求められた際、その場にいた誰もが彼の発表した詩に度肝を抜かれたのだとか。

——彼の詩は嵐のあとのあばら屋に人を置き去ることができる。

黒猫は惜しみなく賞賛した後に、しかしこう続けたのだった。

——あんな詩は、そう長い期間書くことはできまいね。せいぜい、二年か、三年……そんなところだろう。天才は時に期限つきだ。

あとになって、黒猫のそのときの読みはじつに正確だったことを知ることになった。有村乱暮はたった三年間の活動期間で、およそ十冊の詩集を出した。三年間で十冊。そんなにも刊行の機会が与えられること自体が稀《まれ》だ。彼は若いだけでなく、若き天才に求められる整った容姿をもっていて写真映えもした。メディアが欲する天才詩人のイメージに、彼はうまく合致したのだ。

しかし、彼のキャリアは三年後、唐突に終わった。

黒猫が教授になった年の終わり、すでに大学を卒業していた乱暮は、メディアの寵児《ちょうじ》となっていたさなかに、薬物所持の疑いで逮捕されたのだ。その後、家宅捜索で自宅からも薬物が発見され、常習性も確認される事態となった。

六カ月後、ようやく執行猶予付きでの釈放となった後、二年程実家に引き籠もり沈黙を保っていたものの、彼はふたたび薬物所持で逮捕された。今度は執行猶予なしの実刑判決となり、現在に至っている。

かつて、我が校卒の有名人といえば、有村乱暮の名が真っ先に出る時期もあったが、最近では誰も乱暮の名を忘れ去っている。おかしなことに、あれほど天才と持ち上げた出版界さえもその活躍をなかったことにしてしまった。

学部図書館には、いまだに有村乱暮に関する伝説が一つだけ残されている。乱暮は第二の我が家であるかのごとく足繁《しげ》く学部図書館に通っていたから、入館する姿を見た者は多い。なのに、図書館の中で彼を見た者は皆無だったのだ。

伝説を作ったのはおもに、乱暮の追っかけをしていた女子学生たちだった。サイン目当てで図書館へ追いかけていったのに、内部で乱暮に出会えたためしがなかったというのだ。

そのうちの一人はこう言った。

——彼は図書館の……〈知〉の化身だったのかも。

有村乱暮は生きながらにして、ロンドンの霧のような幽《かす》かにたゆたう存在となった。そして数年が経ち、今では「学部図書館に入り浸ると、乱暮に精神を攪乱《かくらん》される」なんて都市伝説に発展している。実際に卒論提出間近に学部図書館で研究に没頭し、そのまま心の病に侵されて退学した者が複数いたとかいなかったとかいう話だ。

有村乱暮その人と接したことのある自分たちは、そんな話を漏れ聞いても苦笑するしかなく、そのうち目も回るような忙しい暮らしのなかで、伝説を耳にしてもポストに投函されたチラシを見る程度にしか反応しなくなってしまっていた。

それが、今年の二月になって、久々に〈天才〉としての有村乱暮を思い出すことになった。

2

蝶が蛹《さなぎ》からもぞりと顔を出すときの気分はこんなだろうか。その日、布団から這《は》い出て、まだ肌寒い室内を暖めるべくストーブまでつま先立ちで向かいながら、そんなことを考えていた。

まだカーテンの向こうは暗く、陽が差してくるのはだいぶ先のようだ。ストーブのボタンを押して、部屋が暖まるまでの間、もう一度ベッドに戻る。隣では静かな寝息が聞こえる。黒猫は徹夜だったようだ。

一緒に徹夜に付き合うはずが、夜中の一時頃にはもう瞼《まぶた》がくっついてしまった。体力がなくなってきたな、と思う。以前ほど無理が利かず、徹夜しても作業が進まないことも増えた。

そろそろ何か運動とかを始めたほうがいいのだろうか。研究者というのはどうにも身体を動かさないから足腰が弱ってしまう。そこへいくと、後輩の戸影《とかげ》は筋トレを日課にしているらしい。最近はシャツにやや収まりきらないほどの体格になりつつあるので「そのへんでやめといたら?」と提案したりしているくらいだ。

ジーッと音がして、それからボッ。ストーブさんがやる気を出すまで、黒猫に身体をくっつける。この状態は何なのだろうな、とときどき考える。単なる同級生だったのは遠い昔のこと。では今の二人を何と名付けたらいいのか、はたして名付ける必要があるのかもよくわからない。

去年の年の瀬に、長い間どちらもが言えずにいた言葉がようやく放たれた。それはよか

った と思う。一つの区切りであり、ある種の境界を越えたということでもある。けれども、そこから毎日気持ちを確かめ合うわけでもない。そうなると、越えたはずの境界線が、曖《あい》昧《まい》になってくる。曖昧になればまた言葉を欲するというのは、何となく中毒なのではないかという気がしてしまう。

迷宮に迷い込んだ感じだ。

以前は、毎日を言葉で確かめ合えれば、と思っていたけれど、いざこうして日々を過ごしてみて欲するのは、言葉にも頼らないような何か。それは何だろうか、と思うが、はっきりと答えが出ずにいる。

「むぐ……」

となりで寝言を言う黒猫の頬を軽く撫《な》でてから再びベッドを抜け出し、ストーブの前へ移動した。部屋が暖まってきたので桜色のブラウスに袖を通し、デニムを穿《は》いてからダッフルコートを羽織る。少し迷ってからメモを書いた。

〈ちょっとお友だちとお茶してきます。次は来週末かな〉

あとでスマホにメッセージでも入れておけば済むようなことだけれど、あえてテーブルの上にメモを残すのが、このところの定番になってしまった。

ふと、黒猫の机の脇の書棚から一冊の本が消えていることに気づく。たしかバウムガルテンの『美学』が置いてあった場所。昨日、部屋に入ったとき、黒猫がちょうど本をあそこに戻していたはずだったが――なぜ消えているのだろう？　また読んだのかな。そんなにしょっちゅう読む本でもないような……。

「まあいっか」

わからないことをいつまでも考えていても仕方ない。気持ちを切り替える。朝六時に目覚めてすぐにを開けて、エッフェル塔のキーホルダーのついた鍵で施錠した。そっとドア外出するなんて久々のことだ。ふだんは身体が目覚めるまで、一、二時間はベッドの中でぼんやりして過ごす。外出なんてもってのほかだ。けれど、今日は仕方ない。何しろ、後輩から、「できれば学外のどこかで会えないでしょうか」と言われてしまったのだ。そして、どうにかお互いの都合がつくのが、土曜の早朝だった。

外の空気はまだひんやりと冷たい。S公園を右手に見ながらS公園駅へと向かった。いくつもの季節をこの公園で過ごしたことは、今ではお伽噺《とぎばなし》の世界の出来事のように感じられる。

不思議だけれど、今はもう前とは違った世界を生きているみたい。でも、もちろんそんなことはなくて、ほんとうはすべてが連続しているのだ。

電車に乗る。平日ではないからか、まださほど混んでいなかった。

それにしても、こんな日に呼び出すなんて。

鞄から読みかけの『ナイルに死す』を取り出して読みだすけれど、文章がすっと頭に入ってこなかったのは先日の唐草《からくさ》教授の言葉を思い出してしまったからだ。

――私のゼミの学生で、大学院進学を希望している子なんだが、チャイコフスキーの《交響曲第六番》を卒論テーマにして研究し始めた頃から様子がおかしくてね。精神安定剤も飲んでいるようだし、どうにも危なっかしい。学部図書館に籠もりっきりだというのも気になる。よかったら君、少し相談に乗ってやってくれないかね？

頼まれたのは、先週のことだった。

チャイコフスキーの《交響曲第六番》は、チャイコフスキー自身が深い鬱《うつ》を患《わずら》いながら手掛けた最後の大作と言われている。何を研究しようと自由なのだが、研究の世界では研究対象の芸術家の鬱気に毒されることもある。研究とは、愛をもって対象の懐《ふところ》に飛び込むようなもの。その対象が深い闇を内包していれば、愛ゆえにその闇に取り込まれてしまうこともあり得るのだ。

しかも、卒論に取り組みだしてから学部図書館に足繁く通っているとなると、例のくだらない都市伝説にまた一つ尾鰭《おひれ》がついて学部の評判にも関わってくる。唐草教授は学部長という立場上、こうした一見、些末《さまつ》なことにも神経を使わねばならないのだろう。

その話を聞いてすぐに、カフェテリアで唐草教授に彼女を紹介された。

彼女——久本可乃子《ひさもとかのこ》は、黄金色に煌《きら》めく秋の草原のようなベリーショートに、真夜中に宝石を眺めすぎたみたいな目をしていた。

名前を先に聞いていなければ、ストライプ柄のシャツにパンツスーツという出で立ちも相まって美少年と思ってしまったかも知れない。驚いたのは、初対面ではなかったことだ。こちらに記憶はなかったが、彼女は何度か研究棟を訪ねてきており、資料の件で自分と話をしたこともあったのだ。覚えていませんか、と彼女は当時の自分の写真をスマホで見せてくれた。

たしかにだいぶ今とは違う雰囲気の、その画像の彼女には見覚えがあった。過去に研究棟を訪れた彼女は長い黒髪をしていた。しかし印象の違いは、目の前で微笑んだ久本可乃子の目に、かつての陽光のごとき輝きとはある種正反対の、深い憂鬱の色が刻み込まれていたことにあった。

3

結局、顔合わせをしたその日は、他愛ない会話に終始した。

——チャイコフスキーの研究をしているそうね？　私は《憂鬱なセレナード》という曲がとても好きなの。

——ああ、あれは、チャイコフスキーが経済的に最も貧窮していた時期の作品です。駆け落ちまでした大恋愛もうまく行かずどん詰まりの状況で書いて、挙句それを依頼したヴァイオリニストのレオポルト・アウアーは弾いてすらくれませんでした。ある意味、チャイコフスキーの呪われた運命を予見するような曲ですね。

研究対象のこととなれば、淀みなく言葉が出てくるようだ。だが、それ以外の話題となると、彼女の奇妙な振る舞いが気になって仕方なかった。彼女はときどき忙《せわ》しなく貧乏ゆすりをし、わずか数メートルしか離れていない通路を通り過ぎる教授の悪口を聞こえよがしに口走ったり、かと思うと唐草教授にさえもタメ口で話しかけたりした。その不安定で不遜《ふそん》な態度が気になって会話にも集中できなかった。ようやく彼女が学部図書館に用がある、と立ち去ってくれたときにはしょうじきこちらも胸を撫で下ろしたほどだった。

人がよく知らない相手に悩みを打ち明けるにはそれなりに日数がかかる。そう考えてその日は深追いせず、翌日に学部図書館の一階の出入口付近で彼女を待ち伏せることにした。

学部図書館は、正式には〈南1号館〉という建物の地下一階から四階までを指す。蔵書を収めるための装置たらんとするような無愛想なのっぺりとした建物だ。外観は天から降ってきた巨大な一滴の雫を真ん中で切り分けたような六階建ての半円錐状で、上階に行くほど面積は狭くなっている。

〈南1号館〉はカフェテリアの隣で、四階までが学部図書館、五階がオーディオ・ヴィジュアル室、六階が医務室となっている。ここには医大から医師が派遣されて常駐しており、一般外来も受け付けている。ただ、学生たちは全体を指して〈学部図書館〉と呼ぶことが多いのが実情だった。

じつはここを最後に訪れたのは修士課程の論文を書いていた頃で、最近では滅多に足を運ばなくなっていた。自分の求める文献がマニアックになりつつあるせいもあるが、本部キャンパスの脇にある中央図書館のほうが品揃えが豊富だし、ここだと知り合いに会う確率が高くて何かと面倒なのだ。

一階の受付のそばにある蔵書検索画面の前に佇《たたず》んで適当に書名を入れて検索などをしていると、エレベータから久本可乃子が現れた。その時の表情は巨大な貝殻にでも長いこと閉じ込められ、夢を見ていたみたいに夢うつつだった。思わず「大丈夫？」と話しかけた。

――ああ、昨日の……。

呆《ほう》けたその表情には前日の毒気が感じられなかった。そこで、学部図書館の外に出て、また世間話を少しした。まだ知り合ったばかりだから盛り上がるわけもなかったが、こちらが自分の研究の話を始めると、途端に食いついてきた。

——先輩はポオをやられているんでしたね……。論文を過去に拝読したことがあるんです。非常に明晰《めいせき》な論理で従来の定説を覆《くつがえ》して、新たな視点からポオを論じていて刺激的でした。

彼女がどの論文を目にしたのかはわからなかったが、打ち解けるきっかけになるのなら何であれ歓迎だった。そこから研究の進め方や論文の書き方についての話なんかをしていると、あっという間に三十分ほどが経った。もっと何か話したそうなそぶりが見えたが、彼女は時計に目をやった。

——あの、また話せますか？　もしできれば……学校の外で。

——学外で？

——ちょっと……何だかここでは……。

彼女は図書館を振り返った。まるで建物自体を、巨大な生き物とでも思っているみたいに、その表情には怯えが混じっていた。

4

待ち合わせたのは、池袋駅から徒歩五分の場所にある、いまや都内に何店舗あるのかわからないくらいこの列島に増殖中のカフェチェーンだった。

着いたのはこちらが先。熱い珈琲を、蓋のついた状態で飲んだら、当然のように火傷《やけど》した。こういうことは、いくつになってもなかなか学習できない。蓋を外して息を吹きかけると、湯気が華麗に踊った。これで少しは飲める温度になった。

やがて、ベレー帽を目深にかぶり、大きめのサングラスをつけ、チェックのロングスカートに黄色のセーター、赤いコートを羽織った垢《あか》ぬけた雰囲気の女性が現れた。一瞬、我が目を疑った。先日までのイメージとあまりに違っていた。彼女はこちらの驚きを見透かしたようだった。

「雰囲気が違うから驚きましたか？」

「ええ……まあ」

「ここは大学じゃないですから」

その一言で説明は事足りるだろうと言わんばかりに彼女は言葉を切り、向かいの席に腰を下ろした。サングラスを外すと、朝からキャラメルシャーベットなんて頭の芯が痛くなりそうなものを食べ始める。

「わざわざ早朝に学外になんかお呼び立てして申し訳ありません。じつは最近ちょっと奇妙なことがありまして……」

「奇妙なこと？」

「私は最近、日中は学部図書館で過ごしているんですが、そこで昼寝をしていた時に、すごく妙な夢を見まして……それが一度や二度じゃなくて、何度も見てしまうんです。なんだか自分が何かに取りつかれたみたいで気味が悪くて……。ポオの研究者さんだったら、こういう怪奇現象にもお詳しいんじゃないかと思いまして」

「うーん。なんかちょっと誤解が……」

ポオを怪奇作家だと思い込んでいるのだろう。まあ、怪奇作家でないとは言わないけれども。実際、ポオだったら、その手の奇妙な話に一も二もなく食いついたことだろう。催眠術、降霊術、占星術、黒魔術と当時流行していたものは作品に網羅していたくらいだ。

「ま、まあとにかく話してみてよ」

はい、と言ってから彼女はスプーンでキャラメルシャーベットを掬《すく》って口に運び、目を閉じた。

「――どこかよくわからないんですが、私はとにかく青々とした芝生に横たわっています。

どうも幸せなようなんですが、それは本来覚えているべきことを忘れた結果のようにも感じられます。だから何となく後ろ暗い気持ちを引きずっているんです。でも、空は雲一つない青空で、前途洋々とした未来を想像させて私の気持ちを少しばかり晴れやかなものにしてもくれるんです」

「ふむ……それで？」

「ところが、その時、突然何かが頬をかすめるんです。最初は雨かと思いましたが、それにしては冷たくないし、液体の感触ともちがう。もっと固くて重たい感じです。でもその瞬間は何だかわかりません。で、しばらく目を瞑《つむ》ってからもう一度目を開いて空を見上げると——今度ははっきりと落下してくるものの正体が見えました。本が降ってくるんです。本の雨が」

「……本の、雨……？」

「はい。それで、私は急いで起き上がって傘を探すんですけれど、周りには傘がありません。だから逃げるしかないんですが、降ってくる雨の勢いがすごすぎて……そのうちの一冊が私の頭部を直撃するんです。そうして、死んでしまう……そういう夢を最近、繰り返し見るんです。一度や二度ならわかるんですが、何度も見るので、呪われているような気がしてきて……こんな話、大学で知人に聞かれたら絶対頭がおかしくなったって思われるに決まってますから」

　思い出したのは、彼女が学部図書館を振り返った時の眼差しだ。あれは、図書館に意思を認めて怯えるような目だった。学部図書館と今の夢に関係が？

「まさか早朝から夢の相談をされるとは思わなかったなあ」

「すみません」

「いや、いいんだよ。ただちょっと面白いなって思って」

　内心少し呆れはしたが、目の前の彼女は思いつめたような表情をしている。唐草教授に紹介された時の生意気でぶっきらぼうな態度は微塵《みじん》も感じられなかった。さっき彼女は学外だから、と言ったけれど、なぜ大学の中ではあんな態度をとらなければならないのだろう？

「何度も同じ夢を見ることだってあるよ」

「先輩もあるんですか？」

「そりゃあ過去には……ないかな……」

　そんな何度も同じ夢を見た記憶があれば、さすがに覚えているはず。となると、彼女の経験していることは珍しいことで、実際にその状況に置かれたら自分だって心配になるのかも知れない。

しかし、それよりも何かべつの部分で引っかかっている自分がいる。夢の説明を受けている間から、ずっと喉の奥に何かが引っかかっているような感覚があった。

「ああ……ええと……あれよ、あれ……」

「え？」

本が降ってくる、というイメージに見覚えがあるのだ。いや、それだけではない。最初の彼女の心理描写もそうだ。何か忘れてはならないことを忘れているような後ろめたさ。青々とした芝生。青空。

これ、何だっけ？

頭の中で回転式ドラムが記憶をかき混ぜている。止まれ。取り出させて。手を伸ばす。回転がやむ。どうにか、何かに指が引っかかった。引っ張りだすと、芋づる式に言葉が現れた。

天気のいい日に芝生にごろんごろん
愚かな君は忘れたふりんふりん
おい待てよ、その土の下にあの日を埋めたろ？
なんの話？ 知らない知らない

完全犯罪成し遂げたふりんふりん
さあ幸せの朝だ　こんぐらちゅれーしょん

だが油断はきんもつんもつん
忘れた頃にやってくるんくるん
ねえ待ってよ、なにが？
なにがって聞くのはんそくさ
あれが、あれがやってくるんくるん
さあ降ってきた　こんぐらちゅれーしょん

巷《ちまた》のことは知らないが
君の心に書物の雨が降り注ぐ

寝転ぶ君の頭上にどしんどしん
降りそそぐよ脳天ぐさんぐさん
ちょっとお願い、助けてはやく

まああとにかくご用心あれ
いつだって俺はローリンローリン
さあ書物の雨だ　こんぐらちゅれーしょん

浴びて死ね
浴びて生きろ

ああこの詩は……。作者が誰なのかは、考えるまでもない。あまりに有名な詩なのだ。少なくとも、我々の世代では。

「もしかして、有村乱暮の詩篇『書物の雨』の一節を最近どこかで読んだんじゃない？」

「ありむら……ああ、あの逮捕された詩人の……」

「読んだことはない？」

「たぶん……」

自信なさそうに彼女は言う。一か八か、詩篇を覚えている範囲で暗唱してみせた。すると、湖に張った薄い氷に罅《ひび》が走るかのように可乃子の顔つきが変化して、うわごとのように言った。

「私を乱暮に……ひどい……」

その一言と、食べかけのキャラメルシャーベットをその場に置き去りにして、彼女は立ち去ってしまったのだった。

私を乱暮に？　どういう意味だろうか？

残されたキャラメルシャーベットは、その謎に答えを与えてはくれなかった。

5

その日は母のために夕食を作った。凝ったものは何も作らなかったけれど、鶏団子を生姜《しょうが》たっぷりで煮込んだみぞれ鍋は、過去何度か作ったなかでは最高の出来だった。やっぱり料理はダシが命だ。

黒猫から電話がかかってきたのは夕食の後だった。話題は、自然と朝の出来事になった。話を聞いた黒猫は「ふうん」と言った。

「まさか今になって有村乱暮の詩篇に遭遇するとは思わなかったね。久本さんは、彼の『書物の雨』を読んだことがあったの？」

「わからないんだよね……作者名を言った段階では名前は知っているという程度って顔だったの。ただ、私が詩の一節を暗唱したら、明らかに顔つきが変わって……」

「はっきりと作者を認識してはいないものの、その詩篇に知らずと触れていたんだろうね。それもここ最近。そうでなきゃ急に何度も夢に出てくるのはおかしい。しかし妙だな。最近の彼女は研究熱心で毎日、学部図書館に通っていたわけだろ？　それも専門はチャイコフスキー。有村乱暮を読む余裕があったとも思えない」

「そうね。十九世紀のロシア音楽家と現代詩人では接点がない。有村乱暮がチャイコフスキーを好きだなんて話も聞かないものね」

「接点を無理に見つけるなら、有村乱暮は薬物依存、チャイコフスキーはアルコール依存。二人とも依存症の傾向があったくらいかな」

「でも、そんなの共通点って言わないよね。みんな何かの依存症みたいなところはあるし、アルコールと薬物じゃだいぶ違うもの」

「そうかな？　アルコールは単に現代のこの国では合法と認められているに過ぎない。アメリカではその昔禁酒法があったし、イスラムの世界ではいまだに禁止令の出ている国が多い。そもそも忘れられがちだけど、アルコールだって薬物の一種なんだよ」

「そうかも知れないけど……」

　こちらが反論に窮したのを察知して、ふふっと黒猫は舌鋒《ぜっぽう》を緩めた。

「まあ、でもこれはホントに些末なことだね。僕はつねづね芸術家の生涯を作品に結びつけることには長期的な意味がないと思ってるんだ。たとえば、その作品を百年後に誰かが享受《きょうじゅ》して感動した時に、その要素として作者がこんな体験をしていた、なんて話は意味を為さないだろ？　それより、その作品自体がいかに人間の美的感覚に刺激を与えるのかを精査したほうがいい」

　受話器の向こうでカラン、と氷の音がした。ウィスキーをロックで飲んでいるのかも知れない。

「しかし、思い返してみると、乱暴ってなかなか刺激的な詩を書く詩人だったね。現代詩のなかでももっと評価されてもよかった」

「そう？　キャンパスで通行人に大声で罵声浴びせてた姿とか見ちゃってるせいか、私はあんまり評価できないな」

　否定的なこちらの意見を、黒猫は受け止めるように朗らかに笑う。

「たしかに、彼の素行はひどかったね。僕も話したのは一、二回だったかな。あまり友だちになりたいタイプではなかった。でも、それと作品は別物さ」

「作品だって、薬物の力を使って書かれたものでしょ？　本当に実力のある詩人って言えるのかなあ？」

「昔の芸術家はみんな薬物の力を一度や二度は試している。ボードレール、ゴーギャン、モディリアーニ、それから……そうそう、君の研究対象たるポオも」

「ううむ、それを言われると弱いのよね……」

たしかにエドガー・アラン・ポオはアルコール依存だったし、それ以外の薬物にも手を出したりしていた。

「でも今は時代が違うでしょ？」

「十九世紀は何でもありで、現代はダメ？」

「二十一世紀のこの国では違法だもの。そんなものを使って美しい芸術を作ったって、犯罪に手を染めて創作しているようなものじゃない？」

「芸術にとって、作者が違法行為をしていたかどうかっていうのはどうでもいい問題なんだよ。その作品が優れているかどうか。重要なのはそれだけだ。作者のふるまいから作品への評価を下げるなんて、批評精神に不純な混ぜ物をするようなものだよ」

「ううむ……でも、たとえば、殺人犯の芸術は？」

「カラヴァッジョは殺人犯だ」

「……十七世紀でしょ？」

「百年二百年経てば殺人は時効になるのかい？　芸術の世界にそんな法律があるとは思わなかったね」

黒猫は楽しそうに乾いた笑い声をたてる。今夜の黒猫はいつにも増して楽しそうだった。こちらの反応が生真面目なせいもあるのかも知れない。テクスト解体ではわりと柔軟な発想ができるようになってきたとは思うのだが、こと倫理的なことが関わると途端に頭でっかちになる自覚はある。

「法律は人間を律するためにあるもので、芸術を律するためにあるものじゃない。芸術は、人間の世界から完全に切り離されていなくてはならない。テクストの自立性ってやつだね。よく作品に罪はないって言うけど、あの言い方自体がすでに罪深いんだ。あたかも作品に罪が被せられようとしているような錯覚を与えて、そこから作品を守るヒロイズムを感じさせる。でもそんなのまやかしさ。作品に罪なんて初めからあるわけがない。罪は人間に固有の概念で、作品には適用しようがないんだから」

「作品に……罪はないの？」

「そうだよ。たとえそれが薬物使用によって生まれた産物だったとしても、作品の価値が変わったりはしない。だから僕は、有村乱暮の評価が逮捕事件で貶《おとし》められたことには納得がいかないんだ」

「……黒猫がそんなふうに思っているなんて知らなかった」

「古代ギリシアでは、〈エレウシスの秘儀〉という儀式があったと言われている。秘儀の中心となっているのは、誘拐された娘、ペルセポネの行方を追うデーメーテルの彷徨。その秘儀では、薬物が利用されていた。秘儀と言っても、当時は宗教と芸術が分かれていないから、歌劇の祖先みたいなものだ。ソポクレスによれば、その秘儀を見た者だけが冥府で真の生命を得られるらしく、その儀式の価値は当時は計り知れなかったようだ。

薬物と芸術の歴史を繙《ひもと》くと、芸術とは何かという根源的問いかけにも繋がってゆくんだ。現代では考えられないが、トランスは神話をその場に再現して集団的浄化をもたらすための必須アイテムだったんだよ」

「それでも現代的な文脈ってものをどうしても考えちゃうのよね」

「たしかに我々は現代性《モデルネ》から逃れることはできない。でも、たとえば中世では身分違いの恋は許されなかったが、そのような葛藤から生まれた芸術を我々は美しいと認める。当時不道徳だと言われたものが、芸術として立派に価値を認められている。つまり、芸術の真価なんてその時代時代の文脈で変わるし、僕らが断定できるようなものでもないんじゃないだろうか？」

「ふうむ……なるほど」

いつの間にか、すっかり丸め込まれてしまっていた。研究者自身がインモラルになるのは違うが、こと芸術に対する視線が、モラルで曇るのもまた違うのかも知れない。

「とにかく気になるのは、彼女が読んだ覚えもないような詩の情景を、ここ数日何度も夢に見ること。そして、恐らく彼女が白昼夢を見ているであろう場所、学部図書館は、有村乱暮の脳内とでもいうべき場所だということなんだ」

「有村乱暮の脳内……」

「いまでも都市伝説になっているね。学部図書館に長居するものは錯乱して有村乱暮に精神を乗っ取られる——だっけ？　その都市伝説は、逮捕前に回っていた『有村乱暮が図書館に入る姿を見た者は大勢いるが、内部でその姿を見た者はいない』という噂とも繋がっている」

「黒猫までそんな馬鹿げた噂を持ち出したりして……」

「もちろん僕は信じてはいないよ。でも、一度放たれた言葉には未来を変える力が宿っている」

それはその通りかもしれない。ふと、今朝家を出る前に考えていたことを思い出す。言葉で想いに形を与えられること。一度その体験をすると、曖昧になった境界をもう一度言葉で明確にさせたい、と考えたくなる。これも言葉が未来を変えた、ということかもしれない。

「有村乱暮はこの世界に詩集を放った。弾丸のような詩集をね。だからこそ、久本可乃子のことが気がかりだ。憂鬱の虫に襲われて精神のバランスを欠いている者にとって、有村乱暮の詩は劇薬にもなり得る」

その言葉を聞きながら、可乃子がカフェを去る際に口走った台詞を思い出していた。

――私を乱暮に……ひどい……。

あの時、彼女の唇はかすかに震えていたのだ。

6

週明けの月曜日、悪い予感に瞼をこじ開けられ、少し早めにベッドから出た。春眠暁《あかつき》を覚えず、と言うけれど、早く目覚めると、何となく得をした気がするのも確かだ。

着替えを済ますと、朝食もとらずに駅へ向かった。

鳥の声に余裕が感じられる。空は胡散《うさん》臭いほどに青く、雲ひとつない。外気は、春に目覚めた草花によってわずかに潤っている。道中、乗り捨てられた自転車のサドルが湿っていたことからも、湿度がもう冬のそれではなくなったのだとわかる。息を吸い込む。ああ、春がやってくるのだ。電車に乗り込み、思い出されるのは黒猫の一昨夜の言葉だ。言葉には未来を変える力が宿っている、と黒猫は言った。いつ、どこでかは知らないが、有村乱暮の詩が、久本可乃子の体内に放り込まれたようだ。その詩がどのように作用して彼女の未来を変えるのか。他人のこととは言え、想像すると少し怖くなった。

大学校舎に着いたのは、朝の八時すぎ。さすがにこの時間に校舎にいる者はほとんどいない。授業が始まるのは九時。八時半をすぎないと、構内は賑わわない。大学生はできるかぎり寝ていたい生き物なのだ。

キャンパスのスロープを上り、学部図書館に向かった。有村乱暮の脳内だと意識したうえで、もう一度観察しておきたかったのだ。

有村乱暮は、ある意味で我々の世代の匂いを圧倒的濃度で保有した存在だ。一躍、時の人となった後、薬物使用で逮捕され、一つの時代に幕が下りたような気がしたものだ。その下りた幕の内側を、ゆっくり観察する時がきたのかもしれない。

学部図書館の入口に向かいかけて、すぐに足が止まった。まだ館内に明かりは灯っていない。天上から落下させた巨大な雫を半分に切ったような建物の内部は、ひっそりとした薄暗闇に閉ざされている。

そうか、学部図書館が開くのは九時だった。出直そうかと踵《きびす》を返しかけたとき、何かが視界の片隅に留まった。もう一度、振り返ってよく見た。

学部図書館の建物の半円錐の垂直面に相当する右脇に、細い芝生のスペースがある。まだ微かに湿気を含んだ芝生は、光沢を帯びていた。

その上に——久本可乃子が倒れていた。

叫びかけた声が、次の瞬間喉の奥でぎゅっと圧《お》された。身体の中から、声が消えてしまったのだ。久本可乃子の倒れているあたりには、書物が乱雑に散らばっていた。まるで、彼女の周辺にだけ、書物の雨が降ったみたいに。

書物はぜんぶで十冊。それらはすべて、有村乱暮の詩集だった。

7

その後は、思いのほか冷静に行動した。ただ、ずっと現実感が伴わなかった。最初にとった行動は、大学入口の受付にいる警備員に連絡をすることだった。警備員はすぐに医務室に連絡をしてくれ、そこからは常駐している医師と看護師、大学事務員が駆けつけた。

——可乃子さん、可乃子さん、起きて！

医師が何度か可乃子の名を呼んだにもかかわらず、彼女はまったく反応を示さなかった。だが、脈拍は正常だったようで、すぐに病院への搬送手続きがとられた。本が落下して失神したのなら事件だが、外傷は今のところ認められない。結局、警察への通報は病院の診断を待ってからとなった。

騒動から解放された後にカフェテラスでひとりホットココアを飲んでいたら、少しずつ落ち着きが出て、状況が呑み込めてきた。

はじめに浮かんだ疑問は三つ。
●なぜ可乃子は月曜の早朝に大学図書館の脇で倒れていたのか？
●なぜ有村乱暮の詩集が周囲に散らばっていたのか？
●この一件は、可乃子が話してくれた夢と関係があるのか？
夢と実際の事件に関わりなんてあるわけがない、と頭では思うけれど、ここまで見事に再現されたような状況だと、夢との関連を疑わずにはいられない。

芝生、青空、降ってきた本、倒れていた久本可乃子……。

失神の原因が本の直撃なのかどうかは今のところ不明。外傷がないからといって関係がないとは限らない。

詩集はいずれも分厚いものではないから、落下してきてもそれほど大事に至るはずはないが、心理的な衝撃によって失神することは、あり得るのか……。

考え事をしていると、カフェテラスのガラス扉を潜《くぐ》って現れた長身の男性が目に留まった。さきほどの医師だった。長身で白衣姿だとこのキャンパスではわりと目立つ。彼はこちらに気づいて頭を下げた。すぐ後ろに看護師の女性がいた。彼女のほうは医師に気でもあるのか、嬉しそうに医師の顔色を窺っている。

その姿を見ながら、さっき可乃子を囲んでいるさなかに何か考えていたことがあったような気がした。何だっただろうか？　二人が消えると、記憶のフックも消えてしまった。

それから、今さらだけど、朝の続きをしようか、と思い立った。学部図書館探訪である。入ってすぐにエレベータで四階に上がった。先日は一階の入口までしか入らなかったから、こうして内部にきちんと足を踏み入れるのは本当に久しぶりだ。かつては感じなかったが、この一見無機質なだけの空間も落ち着く。ここで何度もいろんな資料を集めたり、ノートパソコンを持ち込んで論文を仕上げたりしたのだ。

そんなことを回想する時点で、何か一つの節目をすでに自分は迎えてしまったのだな、と思った。あの頃と今では、研究の進め方も違う。歳月は何となく流れているようでも、人を確実に変えていく。

詩・短歌・俳句集のコーナーへ向かった。四階のほんの少し、他からは離された場所にぽつりと孤島のように配置されたそのコーナーは、逮捕以前は有村乱暮の本の特集が組まれていた。今ではそんな特集は廃止されてしまったが、学生の間では有村乱暮の〈脳内〉の〈中枢〉とか〈神殿〉とか、いろいろ言われている。

自分が有村乱暮と口をきいたのは一度だけ。

——強い意思の目だ。でもきっと君は何一つその意思を口にしやしないんだろ？　他人まかせの卑怯な女だな。

友人が乱暮と一緒に学部キャンパスのカフェテリアに座っていて、そこに現れたのでついでのように紹介されたのだが、その途端浴びせられた言葉がそれだった。なんて失礼な男だろうと思ったし、気分を害したことをこちらも隠さなかったから五分とその場にはいなかった。

そして、それきりだった。いま思い返すと、乱暮の言葉は自分の本質だったのではないか、という気がしないでもない。たしかに自分ははっきりとした意思をもっている時でさえ、それを誰かに伝えようと思わない。伝えないから、どれほどはっきりしていても言語化されぬ不定型な感情が保たれる。

瞬間瞬間をすべて言葉にして切り取ってきた乱暮とはまったく正反対だとも言える。彼はその刹那《せつな》に感じたことを、暴虐的なまでに言葉にせずにはいられなかったのだ。

——彼にもっとも近いのは、アルチュール・ランボーだね。

有村乱暮の詩をどう思うかと学生に尋ねられて、唐草教授がそう答えるのを聞いたことがある。

——彼はそれこそランボーがそうであったように〈一個の他者〉として、既存の常識や因習、秩序を挑発し続けた。そのために、まず挑発的に生きることを選んだ。それは、己を完全に客体化してこそ成立する詩人そのものとしての生き方なんだよ。

すでに逮捕された後の発言だっただけに、唐草教授の言葉に意外な感じを受けたものだった。黒猫も唐草教授も、世評に流されずに乱暮を一定以上評価していたのだ。

その乱暮は、この学部図書館にいた。〈脳内〉の〈中枢〉。

そして、やはり可乃子はここで乱暮の詩集を読んだに違いないのだ。自主的にではなくても、何らかの機会に、作者を意識することもないままに「読んでしまった」のだ。

それはいったい、どんなシチュエーションだったのだろう？　どんな読み方をすれば、幾度も同じ夢を見るようなことが起こり得るのか？

ふと——ひそひそと話す声がした。

「見たのよ、わたし……」

「何をですか？」

「この窓の外を、本がぱらぱらって降るところ」

話しているのは司書の二人だった。恐らく、勤務前に開館の準備をしていたときに目撃したのだろう。一人はややふくよかな、パーマの中年女性。もう一人はそれより若く、長い黒髪をした眼鏡姿の女性。

「そんな、やめてくださいよ、雨でもあるまいし……」眼鏡の女性は顔を引きつらせて、相手をたしなめるように言う。だが、パーマの女性の勢いは止まらない。

「ほんとなのよ！　灯りが遮《さえぎ》られたから何かと思って……その時はまさか本が降るなんて思わなかったから鳥かなって思ってたの。でもあの倒れていた学生の周りに本が散乱しているのを見て確信したわ。あれは本が降るところだったのよ」

二人をつかまえて問い質《ただ》す気力はなかった。ただ、異国で無理に珍味を食べさせられたときのような寒気が腹の底から突き上げてくる。

どういうことなの？　本当に本の雨が降ったってこと？

黒猫の言葉が不意に思い出された。

――憂鬱の虫に襲われて精神のバランスを欠いている者にとって、有村乱暮の詩は劇薬にもなり得る。

それから、乱暮の詩の一節が浮かぶ。

さあ書物の雨だ　こんぐらちゅれーしょん
浴びて死ね
浴びて生きろ

たしかに、有村乱暮の詩によって、可乃子は殺されかけたようだ。劇薬になったわけだ。有り得ないこととわかっているのに、書物の雨が降ってきたと受け入れてしまいそうになる。冷静になろう。きっと本は図書館から誰かの手で落とされたに違いないのだ。

四階の窓は東西南北それぞれにある。

可乃子が倒れていたのは建物の南側。

すぐさまその窓のほうへ向かって歩く。

窓は、斜めにスライドして外側へ開けるタイプの突き出し窓で、開けると三センチほどの隙間ができるようになっている。通常のタイプより窓が開きにくいのは、図書館からの盗難を防止するためだろう。ここから落とすとなったら十冊同時は無理だ。一冊ずつパラパラと落としたのだろうか？

いましがた話していた司書の二人のうち、一人、眼鏡をかけたほうの女性が、一瞬だがこちらの視線に気づいて、ちらりと見やってから慌てて視線を逸《そ》らしたように見えた。考え過ぎだろうか？　彼女は本の雨を見たという同僚の言葉に否定的だった。

じっと見ていると、彼女はそのまま早足で行ってしまった。

彼女が手に抱えているのは、有村乱暮の詩集だったのだ。

その姿を見ていたら、気づいたことがあった。

あの時、学部図書館はまだ開館されていなかった。つまり、内部には職員しかいないはずなのだ。

8

午後は有村乱暮について調べた。乱暮は学部図書館では生き霊扱いとなっているが、実際にはまだ刑務所にいる。

調べてみると、あと半年ほどで刑期が終わるようだった。刑期がわかれば収監先はだいぶ絞られる。一件一件に問い合わせていき、十五分後には収監先があっさり判明した。場所もそれほど遠くはなかったので、その日のうちに行って面会の申請をした。この一件はきっと自分がまだ青く、乱暮が巨大な磁場となっていた時代と無縁ではない。かつての「他人まかせ」な生き方の尻拭いでもするように、行動的な自分がいた。

書物の雨の降らせ方はまだ判然とせぬものの、それに人の手が介在していることは間違いない。その「人」と乱暮がつながりがあるかないかは、本人を訪ねるのが一番だ。謎に興味が引かれると、途端にふだんはしまいこまれた勇気が顔を出すのはいつものことだが、そこにあの時代にやり残した宿題を片付けたい心理も加わっていた。

ガラスの向こう側に現れた有村乱暮には、もはや学生時代の面影はまったくなかった。猫背の身体は、わずかな風にも軋《きし》み、音を立てそうに見えた。身体は一回り以上小さくなったようだった。頬はこけ、目ばかりが見開かれている。

「大学の同級生なんだって？　何となく覚えてるよ」

からからと笑いながらこちらの目を覗き込む。乾いた笑いと裏腹に、落ち着かなそうに膝をせわしなく揺らしている。この癖は学生の頃《ころ》もあった気がする。

「意思の強そうな目。嫌いじゃないね。でも反吐《へど》が出るよ」

あの頃は本質を暴き出すような勢いを感じた言葉も、今はただの虚勢を張っているようにしか感じられない。かつてより他者と向き合い、対話ができるようになったからこそ、相手が自分と向き合わないために言葉を選んでいることがわかる。

「今朝、学部図書館のそばで、女子学生が書物の雨に降られて救急車で運ばれたの。何か感想は？」

「書物の雨に？　そりゃあ、面白いね……俺の詩をなぞったのか？」

彼は楽しそうに笑い声をあげた。

「あなたが仕組んだことではないのよね？」

「刑務所にいるのにか？　そんなことができるとしたら、そいつはこんな屍《しかばね》同然の人間じゃない。詩そのものの企《たくら》みだろう」

詩そのものの企み。そんな言葉はまやかしに過ぎない。心のなかで素早く打ち消す。この男に呑まれるわけにはいかないのだ。

「あなたは図書館の司書さんのどなたかと、今でもつながりがある。そうなんでしょ？そしてその人が詩を現実化しようと動いている」

「危険思想の新興宗教団体でもあるまいに。何のためにそんなことをするんだ？」

「そうね、たとえば、あなたが詩人としての再評価を得るため、とかはどう？」

乱暮は大笑いした。そして、立ち上がり、こちらに背を向けた。

「馬鹿馬鹿しいな。こんな話のために面会しにくる暇人がいるとは思わなかった。大学時代の同級生が会いたいというから、てっきり遅れた愛の告白かと思ったのにね」

「……『書物の雨』という詩に、あなたはどんな思いを込めたの？ 殺意？ 恨み？ それとも……」

するとは彼は一度振り返った。

「作者に意図を聞くなんて野暮のすることだぜ？ でもとにかくその詩は成功した。今日、君がそのことを教えてくれた。礼を言うよ」

乱暮はそれだけ言い残すと、颯爽《さっそう》と行ってしまった。

誰もいないパイプ椅子をしばらく呆然と見つめてから、こちらもゆっくりと立ち上がった。軽く眩暈《めまい》がした。詩人の言葉に操られて、世界が揺さぶられたみたいだった。

9

その後の数日間は何事もなく過ぎた。けれど、日々のルーティンの隙間に、刑務所で対面した乱暮の顔が幾度となく脳裏によみがえった。学生の頃とは違って、見開かれた目は、闇の中でも何もかもが見えているかのようだった。

総合病院にも電話をかけ、久本可乃子の状態を確認した。彼女は現在では会話もできるほどに回復しているらしく、連絡も自由に取れるというので、何度かスマホにかけてみたが、通話口に出てはくれなかった。

ようやく暇ができて総合病院を訪ねた時は、彼女はすでに退院した後だった。住所を知らないので、結局彼女が大学に出てくるのを待つしかなかったが、今のところまだ彼女が大学に顔を出す気配はなさそうだった。しばらくは自宅療養だろうか。電話でもかけてみようか。そう思っていた矢先のこと——。

研究室を出たところで、背後から思いがけない言葉をかけられた。

「久本可乃子さんから正式に退学届が届いたよ。残念なことだ」

話しかけてきたのは、唐草教授だった。

「退学……そんな……」

あまりに急な展開にどう反応していいのかわからず、うまい言葉も出てこない。

「君にくれぐれもよろしくと言っていたよ。もう少し早くに君にお願いしていれば……と思わないでもないが、これぱかりは仕方ない」

「そうですか……力及ばずで申し訳ありません」

「君のせいではないよ。気にしないでくれ」

唐草教授はこちらの肩をぽんと叩き、行ってしまった。

気落ちしつつ研究棟を出てキャンパスの坂を下りながら、久本可乃子に電話をかけた。

やはり、可乃子は電話に出てはくれなかった。

キャンパスのスロープの石段に腰かけていると、数日前、チャイコフスキーについて語った時の彼女の姿が思い出された。大学院進学にも前向きだったはずなのに。それでいいの？

頬に、温かなものが触れた。

「ポタージュ。よく振ってから飲んだほうがいいよ」

振り向くと、となりに黒猫が座っていた。

先週は黒猫の仕事が忙しく、ろくに顔を合わす機会がなかった。

「久本可乃子のことは残念だったね」

「知ってたの？」

「退学の件はね。それと、今週の頭にあったという学部図書館脇での事故のこと。君が第一発見者だったということも」

「どこで知ったの？」

「事務の中村さんはお喋りだからね。だいたいの事情は聞いたよ。そして、君がここ数日、どんなことで頭を悩ませていたのかも想像がつく。久本可乃子の夢は、いかにして現実のものとなったのか。またそれは誰が、なぜ仕組んだのか。そんなところかな？」

「……何でも見通されてる人間ってつまらないものね」

「どこまでも見通したいと思う人間の前で、謎を保ち続けるのは不可能に近いよ。君のせいじゃない」

「なるほどぉ、私のことをすっごく知ろうと思ってくれてるってことね？　よしよし」

そんな戯言《ざれごと》を言いつつ、現場に遭遇した際の一連の流れや、その後、学部図書館での図書館司書のやり取りなどを伝えた。有村乱暮に面会に行ったことは、割愛《かつあい》した。あまり成果のない部分でもあるし、謎ひとつにそこまで躍起《やっき》になってしまったことを何となく隠しておきたかったのだ。

黒猫は話を聞き終えると、なるほど、と言ったきりしばらく何事か考えるふうに親指の腹でとんとんと下唇を叩いた。

「そろそろパフェが食べたい頃だが……いまは甘すぎる〈微糖珈琲〉で我慢しよう」

そう言って缶珈琲を開けて飲み、顔をしかめた。

「――微糖という嘘は罪深いと思わないか？」

思わずクスリと笑ってしまった。

「ところで、脱線になるが、殺される夢を見た者が、現実に同じように殺される、という話を聞いて真っ先に君の脳裏をかすめた短篇があるんじゃないかな？」

どうしてこの男はどこまでもこちらの脳内を読めてしまうのだろう？　それは見通したいという意思ひとつでどうにかなるものなんだろうか？

「そのとおりよ。ポオの『鋸山奇譚《のこぎりやま》』ね」

黒猫はにやりと笑うと、カフェテラスを顎で示した。

「少し、話をしていかないか？」

しばらく迷った。カフェテラスの横には学部図書館がある。何となく、意識がそこから離れたがっているのだ。

でも結局、頷いた。黒猫とじかに話すのは久しぶりだ。それに何より、自分はいつでも好奇心に勝つことができないのだ。

カフェテラスは人気《ひとけ》もまばらだった。適当に入口付近に陣取り、もらったコーンポタージュをよく振ってから開けた。

「ではまず『鋸山奇譚』の内容を覚えているかどうか、おさらい」

「私を誰だと思ってるの？」

「エドガー・アラン・ポオを美学的観点から考察し続ける気鋭の研究者」

「気鋭は余計。まあいいわ。あらすじね？　こんな話よ。オーガスタス・ベドロウは神経痛の治療のため、催眠術の名医テムプルトンに治療をお願いする。治療はうまくいって徐々に改善されていっていたんだけど、ある時、ベドロウはいつものように鋸山という山に散歩に出かけたきり帰ってこず、みんなが心配しだした夜半になってようやく帰宅する。そして自分が体験したことを皆に話し始めた。どうもベドロウは谷間に入り込んだらしい。するとそこには不思議な洋館が現れ、突如彼は戦火の真っただ中に身を置かれるの」

「そして、その渦中に、蛇がくねったような毒の塗られた矢が刺さって死んでしまう、と」

「そうそう。でも、その死体の自分を、ベドロウは見下ろしているの。で、さんざん彷徨《さまよ》ったあとでどうにか帰り着いたけど、心配して待っていた皆は夢でも見ていたんだろうと相手にしない」

「と——ここまでなら、よくある夢オチ奇譚とも言える」

「でもそこで終わらないのがポオ。テムプルトン医師は、古い写真を持ち出してくるの。その写真に映っているのは、ベドロウにそっくりの男。その人物は、イギリスの軍士官オルデブ。テムプルトン医師が言うには、オルデブはインドのベナレスで起こった暴動を鎮めようとしていたときに、蛇がくねったような矢にこめかみを刺されて死んだそうなの」

「つまり、この話は『ウィリアム・ウィルソン』などのドッペルゲンガー物語の系譜にあるわけだね」

「そうとも言えるよね。テムプルトン医師はもともとベドロウの容姿がオルデブにそっくりなことから治療を引き受けた。そして、まさにそのオルデブの死亡の顚末《てんまつ》を書き記しているときに、ベドロウは山中で自分の死の現場に遭遇する、という不思議な体験をしていた……最後まで続ける？」

「いや、やめておこう。もう十分だ。このテクストを君はどう解釈している？」

「ううん、じつはあまりこの短篇について考えたことがなかったの。今回の件が起こるまでは。でも今はいろいろ考えてる。たとえば、そうね……あの話はドッペルゲンガー物語というより、ポオは境界線を曖昧にして、越境したかったんじゃないかと思うの。催眠における人間の意識と無意識、そして夢と現実。そもそも鋸山で迷ったという話は本当なのか。オルデブの存在は本当なのかどうか」

「そこを疑う人は初めてみたね」

黒猫は楽しげに笑う。

「当時、写真技術はまだ普及し始めたばかりよね。果たしてさらにそこから昔に遡《さかのぼ》った頃に写真技術があったのかどうか……当時はまだ白黒写真の時代。もしも催眠下にあるときに、軍服でも着せられて写真を撮られていたら、どう？　ベドロウは催眠下にある自分の写真を見せられていただけ、とも考えられると思わない？」

「なるほど。すべては、あの悲惨な結末へ向かわせるための伏線だったわけだ。そのような伏線を周到に仕組んだのは誰だろう？」

「テムプルトン医師しか考えられないんじゃない？　彼は催眠術の権威でもあった」

「面白い見解だが、そのような催眠をかけることに、どんな得があるだろうか？」

その問いが、刑務所で有村乱暮にされた問いかけと重なる。

――何のためにそんなことをするんだ？

たしかに、それが不明だ。あの結末に至るためには、催眠下でベドロウにそのような手間をかける必要は……。

「いえ、得はあると思うの。ポイントは蛇がくねったような矢というイメージを刷り込むこと。そうすることで、一種のトラウマをもたらすことは、あの結末において非常に効果的じゃない？」

黒猫は満足げに頷きながら缶珈琲を口に運んだ。

「じつに興味深い見解だね。論文にできるんじゃない？」

「それにはもっとたくさん資料が必要よ。今は憶測の域を出ない」

「でもやってみたら面白そうだ。君は以前にも増して発想が豊かになったね。僕もおおむね君の見解を支持するよ。ただし、僕の場合はあくまでベドロウ氏自身の物語として見ている」

「ベドロウ氏自身の物語として？」

「うん。そこにテムプルトン医師による画策《かくさく》はないものと考えた。ベドロウは催眠下でテムプルトン医師の家に入り込み、彼が席を外した隙にでも原稿を読んだのだろう。そうして、あんな幻覚を見てしまい、それがトラウマとなってあの悲惨な結末に至る」

「テムプルトン医師の家に侵入を？」

「一見、荒唐無稽《こうとうむけい》に見えるだろ？　でもね、注意深くテクストを読むと伏線があるんだ。そもそも鋸山を散歩するように勧めたのは誰だった？」

「それは……テムプルトン医師よね。たしか、精神治療のために歩くのがいいと話したんじゃなかったかな……」

「そのとおり。そしてもう一つ忘れてならないのが、催眠術をかける者とかけられる者の間には強い信頼関係が生まれるということだ。そのことが事前に読者に告げられているということは、このテクストはそのような信頼関係が水面下にあることを保証したうえで解読されなければならない。もしも催眠にかかった状態で散歩に出たらどういうことになるのか？　鋸山に出かけたつもりで無意識のうちに信頼する相手の家に行ってしまうのではないだろうか？」

穿《うが》った見方だ、とも言える。自分の推理がそうだったように、黒猫の考え方も詭弁《きべん》といえば詭弁ではないか。

だが——一つのことを思い出す。

「そういえば、最初にこのテムプルトン医師は、催眠術の名士であるメスメルというドイツの医者に影響を受けているとあった……」

「メスメル——催眠術をかける、という意味の mesmerize の語源ともなった人物だ。その人物の名を引いたということは、この物語が徹頭徹尾催眠についてのテクストであることが意味されている。そして、催眠のルールは、かける者、かけられる者の信頼関係。散歩コースは決まったようなものじゃないか？」

「ううむ……たしかに……でも、催眠に関するテクストであったのなら、医師の画策だったという私の推理でもいけそうじゃない？　意図的かそうじゃないか、というのは語られていないわけで」

「そうだね。だから僕は君の考えを支持した。その上で、最終的に医師の画策ではないと判断したのは、医師が医師としての任務以外を遂行して、なおかつその意思が秘密にされているのはアンフェアだ、と考えたからさ。テクストという概念は、ロラン・バルトが持ち込んだもので、その要諦は、意味するものとしてではなく、意味されるものとして作品を捉えることにある。だとしたら、医師の計画的犯行を指摘するには、意味されるための要素がいささか欠けていると感じたんだ」

「そっか……ああ……」

「とはいえ、それは僕があまりこのテクストに本腰を入れて研究をしていないせいかもしれない。君が本気で一語一語を丁寧に見ていったら、君の推理こそが正しいって結論にもなり得るだろうね」

答えが一つではないのは研究の面白さであり、怖さでもある。けもの道に入り込んで迷子になってしまうことだって、簡単に起こり得るのだ。

「ちょっと待って、いまの解体を聞いていたら、久本可乃子が倒れていた意味も、何もかもが変わってくる気がする」

「何か気づいたみたいだね」

黒猫が嬉しそうに言う。

「まず、私はさっきまで図書館司書を犯人として疑っていたの。『鋸山奇譚』の解体でテムプルトン医師を巧みな仕掛け人と考えたように、久本可乃子を何らかの方法で眠らせ、その無意識に有村乱暮の詩集を刷り込んだのは誰なのかって」

「可乃子さんが図書館に足繁く通っていたことと、司書が詩集を書架に戻そうとしていたことを繋げて怪しいと考えたわけだ」

「でも、もし司書さんがこの一件に関わっていたと考えるとおかしな点があるのよ。四階の南側の窓はほとんど開閉ができない仕組みになっているから、一冊ずつしか下に落とすことができないの。外傷がないから本の落下でショックを与えたのかと思ってたけど、もしそうなら落とすのは一冊で済む。一冊目で気絶しなければ、可乃子さんは逃げてしまったはずだから」

「なるほど……だが本の雨が降っていたと、もう一人の司書さんが言っていたのはどうなる？」

「それこそが司書さんが犯人ではあり得ない証拠よ。彼女は四階の窓を指して、ここから本の雨が降るのを見たと言った。学部図書館は四階まで。その四階の窓から本の雨が見えたということは、投げられたのはそれより高い場所だということになる」

「ふふ、よくそこに気づいたね」

さっきまでは完全に見落としていた。もっと注意を払っていればすぐに気づいてしかるべきことだったのに。

「それと、私は司書さんが有村乱暮の本を手にしていたことを根拠にしていたけれど、私が発見した時刻は朝の八時。あの時刻、地面は朝露で湿っていた。そんなところに図書館の本が散らばっていたら、再利用できるわけがない。本は廃棄せざるを得なかったでしょう。ところが司書さんが持っていたのは、濡れてダメになった本じゃない。つまり、それはべつの本ということになる」

「では、可乃子さんの周りに散らばっていた詩集は図書館の本じゃないってことかな？」

「さっきも言ったとおりよ。図書館の本なら、四階の窓から落下するのが見えるわけがない。もっと上にある本……でも、そんなことってある？」

ここまで推理を進めながら、かえって不可解な袋小路にはまり込んでしまった。すると、黒猫が言った。

「医務室にあったと考えるべきだろう。医務室は同じ建物の六階にある」

「医務室に、有村乱暮の本が……？」

「さて、そこで考えてみたいんだ。久本可乃子がなぜ毎日のように図書館に通っていたのか、ということを。それと、なぜ有村乱暮の詩集を夢に見たのかということを。彼女はチャイコフスキーの研究を続けるうちに、精神がかなり不安定になっていった。その変化は当然、彼女自身にとって大いに問題だったはずだ。そこで彼女は、医師の診断を仰ぐことにした。医師は、彼女に精神安定剤を処方した。かなり強めの薬だったのかも知れない」

「それを、あの医務室で処方されていたというの？」

「彼女は〈学部図書館〉に入り浸っていると思われていたが、それは〈南1号館〉に入り浸っていたという意味でしかない。その証拠に、その内部のどこにいたのかは誰も把握していないんだから」

「そっか、たしかに……」

つまり、彼女は〈南1号館〉の中にある医務室に入り浸っていたのか。

「ベドロウとテムプルトン医師の間に信頼関係が成立していたように、彼女と医師の間にもある特殊な信頼関係が成立していたはずだ。彼女の見た目で、僕がひとつ感じていたことがあるんだ。ここ数カ月、彼女は少しずつ男性的なファッションに変化していた。性格も攻撃的で、気も短くなった。まるで有村乱暮の生まれ変わりみたいに」

体の奥深くに、氷を撒かれた気がした。

どこかで聞いた話だ、と無意識に思っていたものが、具体的に提示されて目の前に現れた。

可乃子に起こっていたここ最近の変化は、あたかも大学時代の乱暮自身の変化をなぞるようだったのだ。貧乏ゆすりも、その一つだ。

「まさか……」

「そのまさかさ。彼女は徐々に有村乱暮的な容姿にさせられていたんだ。恐らく、彼女は医務室に診察に訪れていたわけではなく、単にある人物に会いに行っていたんだ。その人物は、彼女を見たときにこう思ったのかも知れないね。ああ、この子は、有村乱暮に似ている、と。彼女をどうにかして有村乱暮に近づけたい、と思ってしまったのだろう」

背の高い医師の姿が、浮かぶ。

彼が介抱しているときに何かを妙だと思ったことも。

何だったっけ？

「なぜ……なぜ一介の医師がそんなことを思うの？」

「もちろん、有村乱暮を愛していたからさ」

缶の中で、上部に張り付いていたコーンがぽとりと落下した感触が手に伝わった。

「彼は有村乱暮のいちばんの理解者であり、信奉者でもあった。そして、有村逮捕後の空白を埋めるために、彼は久本可乃子を乱暮に見立てようとし始めた。恐らく、逢引きのさなかに薬物を投与して幻覚を見せ、そこで詩篇の一つも朗読させていたのだろう。薬の効き目が切れると、彼女はそのこと自体は忘れてしまい、イメージだけが無意識に刻まれる。だが、あの日、君が有村乱暮の詩篇の一節だと悟って暗唱してみせたことによって、可乃子さんはことのからくりを理解してしまったんだ」

「え……わ、私の……せいで？」

「彼女は考えただろうね。なぜ医務室に乱暮の詩集が並んでいるのか？　そんなことは、ここ数カ月で自分が強《し》いられたファッションの変化を思い返せば簡単にわかる」

「強いられたファッションの変化……」

学外で会ったとき、可乃子は学内とはちがう服装をしていた。そしてそのことにこちらが驚いている気配を察してこう言ったのだ。

――ここは大学じゃないですから。

彼女は卒論執筆を始めたあたりから、大学でのみ、ああいう中性的な格好をするようになった。だから、以前にも会っているのに咄嗟《とっさ》には同一人物と気づけなかったのだ。時期的にも符合する。彼女が精神の均衡を崩し始めたのは、卒論執筆開始の前後。その頃から、彼女は医師の診断を仰ぐ必要が出てきた。

「医師が患者にみずからの失われた恋愛を補わせる役割を担わせたのだとしたら、なかなかに罪深いことではある」

彼女がカフェを去り際に放った言葉。

――私を乱暮に……ひどい……。

可乃子は、医師との関係を純粋な恋愛だと信じたのだ。親身になって自分のことを考えてくれる医師の好みに合わせてファッションを変え、処方された薬を飲む。ただ愛のために――。

「君の言葉で、愛していた男が自分を着せ替え人形くらいにしか考えていなかったと知った彼女は、医務室の詩集をすべて投げ捨てた」

「で、でも待って。あの時間、まだ職員以外はあの建物へは出入りできなかったはずなのに……」

「君は司書の人たちの話を聞いたときに、ひとつだけ聞き逃しているんだ。目撃した時間をね」

「目撃した時間……？」

「あの散らばった本たちはいつ投げ捨てられたのだろうか。もしかしたら、司書が本が降るのを見たのは、前の晩の仕事の帰りがけだったんじゃないかな。司書は『灯りが不意に遮られた』って言っていたよね。早朝の図書館で、そんなことがあるかな？　いくら外で本が降ったって、灯りが遮られることはない。そうではなくて、図書館の外にある芝生の横の外灯が遮られたんだ」

「……てっきり可乃子さんが倒れた時に目撃したのだとばかり」

「前の晩に、きっと可乃子さんと医師は医務室で口論でもしたんだろう。そして、二人の溝は明確になった。彼女は医務室を去る際に、待合室にあった有村乱暮の本を窓から捨てて出ていく。万引き防止の意味をもたぬ医務室の窓は、もちろん開閉も自由だ」

「医師はそれに気づかなかったのね……」

「一夜明けると、彼女は大量の睡眠薬を呑んで、青空の下の芝生に寝転んだ。一夜待ったのは、詩を再現するには青空が必要だったからだ」

「詩を再現したのは、医師が密かに彼女を乱暮に擬していたことに気づいていると知らせるためね？」

「その通りだ。そしてその構図を最初に発見するのは、本来なら君ではなくあの医師になるはずだった。医師はひと目で詩が再現されたことを理解して、命と引き換えにした彼女の復讐だと悟っただろう。だが、君が第一発見者となり、早急な判断で一命をとりとめた。彼女は君のおかげで死なずに済んだのかも知れないね」

　あの時、医師が先に見つけていたら、どうしていただろうか？　可乃子からの報復を恐れて救急車の手配を遅らせていたかも知れない。

と、同時に気づいた。何が医師の行動で引っかかっていたのか。

こちらが可乃子の名前など一言も告げてはいないのに、あの医師は何度も可乃子の名前を呼んだのだ。

──可乃子さん、可乃子さん、起きて！

10

「『鋸山奇譚』で重要なのは、誰のせいでどうなったというより、書かれたことは現実に作用するということだろうね。鋸山でベドロウが見た風景はまやかしだが、そのまやかしは同時刻にテムプルトン医師が記録していた過去を素材として出来上がっていた。過去も、記録されなければ形をとることはない。だが、言語化されたものはその瞬間から現実を動かしはじめる。それが、『鋸山奇譚』の結末にしっかりと描かれている。ポオは書き記された内容こそが現実を塗り替えるのだと知っていたんだ」

「書き記された内容こそが……現実を塗り替える？」

「だからこそ書物はあらゆる既存の価値観を越境する〈他者〉として書かれる必要がある

んだ。〈他者〉となる方法の定義は、芸術の中にはない。その先へ行かなければつかめないんだ。ポオが薬物に手を出していたのも、煎じ詰めればアルチュール・ランボーと同じで、そういった〈現存する芸術を超える他者になるため〉という部分があったろうね。そして、久本可乃子の言動は、そうした〈他者〉になろうとした有村乱暮の詩篇に端を発している。薬物が、結果として現実を変えてしまったわけだ。少なくとも、表向きはそう見えるね」

「……ポオが『鋸山奇譚』を幻覚賛美で書いたとは思えないけど」

「そんなことを言ってるわけじゃないよ。薬物でも暴力でも色恋でも同じだ。芸術家はなぜそんなものに頼るのか、という点については、存外人々は考えない。芸術家のほうも、法廷では仕事のストレスから、とか、アイデアに煮詰まって、とか適当なことを言う。だが、本当のところはどうなんだろうか？」

「本当のところ？」

「たとえば、アルチュール・ランボーは、かつてさまざまな面で人生の冒険者となり、最終的に〈見者〉となろうとした。人類の〈見者〉となるために、未知の感覚をつねに必要としていたんだ。ランボーの性格はあまりに破天荒だったことで知られる。すべてにおいて、貪欲だった。かつてランボーのことも少しばかり研究したことがあってね。その際に僕が興味を引かれたのは、ランボーがいつ己の寿命を知ったのかという点にあった」

「いつ寿命を知ったのか……？」

「ランボーは短命だった。突然死じゃなくて癌《がん》だが、もっとずっと若い頃から彼はさまざまな病魔に何度も襲われている。相当早い段階で、ランボーが己の死を意識するようになったのは確かだろう。人は死を意識して初めて生き始める。ランボーが〈見者〉となる挑戦はそこから始まった。芸術家には、ランボーのような感覚の超越者となる者もいれば、苦悩をなぞっていくチャイコフスキーのようなタイプもいるが、どちらも〈薬物〉を使用して己の芸術課題を乗り越えようと試みた」

「……何が言いたいの？」

「誤解のないようにね。僕は薬物礼賛がしたいわけじゃない。ただ、何に頼ろうと、芸術家なりの真摯《しんし》な使命に端を発している可能性を、芸術の場で否定することはできないってことさ。そして、恐らくは、有村乱暮もある意味では芸術のために薬物を用いた」

「なぜそんなことが黒猫に言い切れるわけ？　想像？」

「君は有村乱暮が使っていた薬物の名前を知ってるかい？」

「いいえ。コカイン？　ＬＳＤ？　それとも……」

「違うんだ。モルヒネなんだよ」

「モルヒネ……？」

「当時、警察はどこから入手したのかを執拗《しつよう》に乱暮に尋ねた。だが、乱暮は結局入手先を言わなかった。これ自体は珍しくない。入手ルートを白状するのは、その薬物に関わる密売人からその組織に至るまですべてのつながりを晒すことでもあり、そんなことをすれば釈放後にどうなるか知れたものじゃない。

だが問題は、薬物がモルヒネだということだ。君は有村乱暮に関する噂を覚えていないか？　誰もが有村乱暮が図書館に足を踏み入れる姿を見ながら、内部では目撃していないんだ」

「覚えてるよ。それをもとに、学部図書館は乱暮の脳内だ、と」

「それ自体は、いかにも文系の学部に生まれそうな幻惑的な都市伝説でいい。だが、現実に即して考えたとき、図書館に入りながらその内部で目撃されない者は、どこにいるんだと思う？」

「……そうか、医師と恋人だったのなら、その行き先は……医務室。一階から入るところを見られている。出入口は一つ。そこを通ってしか、出入りできない。それなのに、内部で目撃されないのは何故か？　可乃子さんの件と同じで、みんなが〈南1号館〉を〈学部図書館〉と呼ぶから誤解が生じているのね。つまり、乱暮は図書館にではなく、その上の医務室に用があった」

「そういうことだ。彼があんなふうに荒れた性格になったのは、大学四年時。それまではいるのかいないのかわからないような学生だった。現に君も存在を知らなかっただろ？」

「うん、たしかに……」

「それが突如変貌を遂げた」

いくら大学キャンパスが広いと言っても、四年も通っていて有村乱暮みたいな学生がいれば、もっと早い段階で気づいていたはず。それなのに四年気づかなかったということは、それまでとはまったく違う雰囲気だったということか。

「何か原因があったはずだ。彼は劇的に性格が変わり、同時に学部図書館に通い出した。それをもって、学生たちは学部図書館を有村乱暮の城だと認識しはじめた。第一詩集が出版され、評価されたのもこの頃だった。そして、彼は大学を卒業してからも学部図書館に通い続けていた。しかも、館内での目撃者はいない。なぜなのか？　答えは簡単だ。図書館の内部にはいなかったからだ。図書館でありながら図書館ではない場所——すなわち図書館の上階にある医務室にいたからさ」

「だから、それはなぜなの？　なんで毎日のように医務室に行く必要があるのよ？」

ふふ、と黒猫は笑った。

「健康じゃないからさ。恐らく、彼は何らかの病魔に侵され、余命宣告を受けていたんだ」

「そんな……」

「彼が逮捕されたときに所持していたモルヒネは、医療用にかぎり所持が許されるものだった。本来なら処方箋《せん》を提示していれば逮捕されずに済んだろうが、彼は処方箋を警察に見せなかった」

「まさか、痛み止めのためにモルヒネを？」

「恐らく、詩作に余命を捧げるために、痛みを遠ざける必要があったんだ。麻薬施用者番号を取得している医師なら処方が可能だが、黙秘していたということは医師が正当な方法ではなく都合したものだったのかも知れない」

「それでも、病気のことを話せば刑が軽減されたんじゃ……」

「君は面会に行ったんだろ？　あの男に」

「どうしてそれを……？」

「君の好奇心に付き合い続けてかれこれ何年になるかな？　それで予想できなかったら、僕の目は節穴《ふしあな》ってことになる」

どこまでも読まれる女、という海外ミステリのタイトルにでもしてもらいたいくらいだった。

「ご推察のとおり、うん……行ったよ」

「だが、君の前でも彼は体調不良を訴えたりはしなかったんじゃないか？　明らかに具合が悪そうなのに」

痩《や》せこけた頬、大きく開かれた目。単に刑務所の生活でやつれたのではなかったのだ。あれは病魔に侵されていた者の顔……。

「医師の宣告した余命はとうに過ぎているはず。つまり、彼はこのまま誰にも病を公表せずに朽ちていく気でいるんだ」

「言えば世間の評価だって……」

「それが、嫌なんじゃないのかな？」

「どうして？」

「現世の人々に『不治の病に侵されながらもがいた不運の詩人』と評価されるよりも、彼が敬愛するアルチュール・ランボーのような破滅型の、人生そのものを詩に捧げた詩人として百年後の人々に認識されることを望んだわけだ」

見えていた光景が、がらりと変わる。そういう瞬間に、何度も出会ってきた。黒猫が謎を解くとき、そこには必ず価値の崩壊と再生が同時に起こっているのだ。

「君は、刑務所の有村乱暮に久本可乃子の事件について教えた。それは、乱暮を愛した医師が、今もなお乱暮のことを想い続けていることをわからせることでもあった。『書物の雨』の詩には、二人にしかわからない円環が仕組まれていたんだよ」

「どういうこと？」

「あの歌は、病魔に侵され長く生きられない自分とは違って、これからも生を謳歌してい く恋人に皮肉まじりに幸せになって生きろとエールを送っている。ランボーと情熱的な関係を結んでいたヴェルレーヌがランボーを想って『巷に雨の降る如く、我が心にも涙降る』と歌ったのを踏まえて、恋人をヴェルレーヌに見立てて『巷のことは知らないが　君の心に書物の雨が降り注ぐ』と書いているんだ」

「つまり――乱暮は、恋人が自分を思い続けることを詩の中で予言していたわけね……？」

「だから、『書物の雨』を再現したような事件が図書館の脇で起こったということは、誰が起こしたものであれ、必ず恋人が乱暮のことを引きずっていることを伝えてしまうんだよ」

「私は知らずのうちにその顚末を乱暮に伝えてしまったのね……？」

「ある意味で、君もまた円環に重要な役割を果たすことになった」

カフェテリアのガラス天井の上にぽつりぽつりと雨が降り出した。

いつかの黒猫の言葉が脳裏をよぎる。

――天才は時に期限付きだ。

決して戻らない一時代へさよならを告げるように、ひそやかに雨は降り続けた。言葉にこだわる詩人は、近い将来の死を思いながら、この雨音を獄中で聴いているのだろうか。

「言葉って不自由だね。どれだけ言葉に託しても、乱暮は口下手だし、そのせいで他の人まで不幸にして……」

「そうだね。だからこそ、毎日を言葉で確かめていきたい。よし、雨がひどくならないうちに駅まで歩こうか」

毎日を言葉で確かめたい――黒猫からその言葉が出たことに安堵《あんど》している自分がいた。どこかで毎日言葉を求めている自分がいる。でも、そのことを黒猫が理解していないのでは、という恐れが内心であった。そうではないのだ。

ならば――正体不明の不安に駆られるのはやめよう。待ってみよう。出口の曖昧になった迷宮から、また抜け出せる日を。信じてみよう。書物の雨という謎にも動じることなく、優雅に歩き出す遊歩者を。

鋏と皮膚

■黒猫

The Black Cat, 1843

語り手である私は、齢《よわい》を重ねるとともに、酩酊しては暴力を振るうようになり、ついに衝動的に愛猫の片眼を抉りだしてしまった。悔恨の念を抱いたのもつかの間、再び〝天邪鬼の精神〟が目覚め、黒猫を絞殺する。

その夜、私の家は炎に包まれた。無事に逃げ出せたものの、全財産を失い、唯一焼け残った壁には、猫の姿が映し出されていた。その首の周りには、縄が一本巻きついていた。非道な行いを悔いた私は、新しい猫を引き取るが、その容貌は以前の飼い猫との出来事を思い出させるものだった。次第に耐えられなくなり、ついには殺意に囚われた私だったが……。

ポオの代表的な短篇小説の一つ。映画化もされている。

1

冷花《れいか》の午前中の過ごし方は決まっている。マイケル・ナイマンを聴きながらスクワットを少しした後で、林檎を細かくカットしたものとフレークをヨーグルトに混ぜて、十分程置いて柔らかくなった状態で食べる。それから服の生地を買いに行く。

四月初めの空気はまだ肌寒いが、そこかしこに春の息吹を感じることもできる。桜の木の上で、シジュウカラが冷花を見下ろしていた。

「おはよう。あなたいい色ね」

シジュウカラは首を傾げた。

服飾デザイナーとしての冷花は、特定の事務所に所属しているわけではない。最初から窓口は自分であり、クライアントも企業ではなく個人だ。今の時代、商談はだいたいSN

Sから始まる。制作した服の写真を載せ、その服が欲しいという人に売ることもあれば、オートクチュールの依頼が舞い込む場合もある。

今のところ、一ヵ月で十件程度。生きていくにはぎりぎりの利益しか上がっていないが、自分で選んだ道だから文句はない。

なめらかな舌触りのヨーグルトと、マイケル・ナイマンの音楽と共に新しい一日を始められるなら、あとはどうとでもなる。ナイマンの楽曲はたった一人の聴者のために類稀《たぐいまれ》な格調を提供してくれる。自分に足りないものを補ってくれる気がするのだ。

行きつけの布屋〈キル都〉は、自宅から五分ほどの場所にある。

「おはよう、冷花。今日はどんな布をお探しかな？」

入店するとすぐにカウンターから店主の土風炉《とふろ》さんが声をかけてくれた。右半分だけ銀色に染めたエキセントリックなヘアスタイルが、整った風貌によく似合っている。今日の土風炉さんは、季節を意識して桜色の着物を羽織っている。

和紙にくるまれた暖色の灯がともる店内を支配しているのは、思い思いの色彩と質感を誇る布たち。絹、麻、キュプラ、レーヨン、カシミア、モヘア、コーデュロイ……大抵の素材の種類は目視で見分けられるが、それらの中にも純度や産地によって質感に違いがあり、細かな差異は触れてみなければわからない。

「いえーい、土風炉さん。ブイ、ブイ」

「今日は元気だね」

土風炉さんは冷花より十くらいは年上のはずだが、にっこり微笑んだ時の顔は少年のようにあどけない。手元にはファッション誌《Ｔａｎｇｕｅ》がある。フランスの出版社が刊行している雑誌で、その雑誌の特集自体がその年の世界中の流行を決めているようなところがある。表紙にはいまをときめく〈ジェイコブＫ〉をはじめ、お決まりのビッグブランドの名が並ぶ。きっと土風炉さんは今年の流行を摑んで仕入れの参考にしようとしているのだろう。

「とりあえず一周して考えていい？」

「昨日からそんなに変わってないよ？」

「いいの、私が新しくなってるから」

昨日は、まるでラムズイヤーみたいな手触りの布に出会い、想像力が刺激された。

「いい出会いでもあったのかな？」

「ブブー、ハズレ。弟が遊びに来るの。だから、ズボンでも作ってやろうかと思って。黒い生地で面白そうなのある？　あいつ黒ばっかり着るからさぁ。お洒落が下手なんだよね、きっと」

理由を尋ねたことはないが、ある時から弟は黒いスーツに白シャツという出で立ちを好むようになった。家の中ではジャージ姿だったり、夏になると甚平《じんべい》姿になったりしているようだが、外出時は基本は黒スーツ、白のYシャツ。いい大人にファッションについて口出しするのも野暮なので、最近は放置している。

何となく浮き足だっているのは、弟が自分から家に遊びにこようとするなんて、ここ何年もないことだったからだ。同じ都内に暮らしているのに滅多なことでは会わない。姉弟なんて大人になってしまえばそんなものなのかなと思うが、寂しさを感じたりもする。

「この生地なんかどう？　通気性の高いポリウレタンなのに、手触りがかなり本革に近い」

「あ、ほんとだ。これは人工皮革のなかでは極上ね」

「テキスタイルデザイナーのシゲヤが大学の研究機関とタッグを組んで開発したらしいよ」

「テクノロジーがファッション界に貢献するようになったわけね」

シゲヤ——その名を久々に聞いた気がした。テキスタイルデザイナーという職業自体が、あまり表に出てくるものではないせいかもしれない。相変わらず活躍しているのか。そのことにわずかに複雑な感情を抱く。シゲヤのことを、冷花は個人的に知っていた。

「うん、この素材なら、夏場でも暑くないだろうし高級感も損なわれないわね。じゃあこれをいただくわ」

「ありがとう。いい供養になるよ」

「え……？　どういう意味？」

「ん？　知らないの？」

冷花の反応に、むしろ土風炉さんのほうが不審そうな顔をする。

彼は開かれたままのノートパソコンを持ち上げて、その画面を見せた。検索画面にニュース一覧が出ていた。

「シゲヤさん、三日前に亡くなったらしいよ」

「まあ……」

クリックすると、訃報の記事が出てくる。何でも、シゲヤは長い間病気に苦しんでいたらしい。闘病の末の死去ということだった。

「本当に惜しい方を亡くしたよ。これから誰を頼って布を買い付けたらいいんだろうな」

土風炉さんは溜息をついた。布の売り手にとって、その布の作り手は、購買客と同じくらいに重要なのかも知れない。

それから我に返って土風炉さんは布を裁断して包み、会計をした。

〈キル都〉を後にして自宅マンションに戻ったのは午前十一時。弟は昼頃来ると言っていた。昼の準備でもしておくか。

エントランスに入り、三日ぶりにポストを見た。何となくポストを見るのがおろそかになるのは新聞をとっていないせいだ。公共料金の通知書や怪しい宗教勧誘のチラシに混じって封筒が一つ。その手触りに驚いた。まるで人間の皮膚を使って封筒を創り上げたような不気味な質感だったからだ。

しかも宛名がなく、差出人の欄にはJの一字があるきりだ。

J？　差出人のイニシャルだろうか？

冷花はエレベータに乗りながら、その不気味な封筒を開ける。まるで皮膚を切り開くみたいに。中には血液のごとく赤い便箋が、ぜんぶで十枚ほど入っていた。銀色の丁寧な文字が、そこにぎっしりと並んでいた。

2

だいぶご無沙汰だね、冷花さん。まず僕が何者なのかについて、長い長い話をする前に、告白しておこう。

ずっとむかし、僕は君のことが好きだった。君もそのことを知っていたと思う。僕たちは互いに結ばれるチャンスがあった。実際、僕たちの運命はある時期かなり接近したんだ。そして極限まで近づいた放物線と直線のように、僕らのその後の人生はまったくべつべつのものになった。

でも、互いに別の道を生きながらも、共に生きることはできる。きっと僕たちは共に生きてきた。僕はそう思っている。

ここまで書いたら、君には僕が誰かわかるだろうか。わかるといいけど、わからなくても恨むまい。君には君の人生がある。僕が僕として生きてきたように。君の記憶からは僕という存在が早々に消し去られて、あとには何も残らなかったかも知れない。

僕の父はテキスタイルデザイナーをしていた。いつも父が帰ってくると、染め物特有の匂いと、布のぬくもりが混ざり合った複雑な匂いが漂っていた。僕はその匂いがするのがいつも怖くて仕方なかった。

父は、僕に口をきいてくれたことがほとんどなかった。酔っ払うと、きまって僕に暴力をふるおうとするから、僕は父が大嫌いだった。

母は僕を父から守るために、夜八時をすぎたあたりから時計をちらちらと見始め、早めに風呂に入れと急かす。そして八時半頃には一人で寝かせられた。外側から鍵をかけられてしまうから、幼い頃はどうしてそんなことをするのだろう、と思っていた。トイレの時にすごく困ることがあったからだ。

でも十歳を過ぎた頃にはさすがに理解できるようになった。あれは、僕の寝ている部屋に父が入ってこられないようにするための対策だったのだ。母は鍵を肌身離さずにもち、朝になると鍵を開けて僕を起こしてくれた。だから、夢見心地にいつも鍵をこじ開ける音とともに目覚めることになった。

父は、僕に運動をさせるように母に指示を出していた。彼は二十代に足を怪我しており、そうでなければテキスタイルデザイナーにはならずに自衛官としてもっと働けたと思っているようだった。よく母に僕が高校を卒業したらすぐにでも入隊させよう、と話していた。だからだろう。僕が母のワンピースを着て部屋のなかを歩いているのを見かけた時は、激怒して僕を追いかけ回した。酒を飲んでいない時は無口な父が、その時ばかりは大声で僕を罵《ののし》った。

――妙な格好しやがって！　もっと男らしく生きろ！　服になんか興味もつな！

父は僕に馬乗りになって殴ろうとした。母が必死で背後から引き止めなかったら、あの時、父は僕を殺してしまっていたかも知れない。あの時の父の目には、明らかな殺意が宿っていたから。

3

そこまで読んだところで、冷花は手を止めた。差出人Jが何者か、冷花にはすぐにわかった。まさか彼が自分のことを覚えていたとは。いや、それだけじゃない。自分の居場所を摑んで、この手紙をポストに入れたのだ。そのことに、言い知れぬ感情が押し寄せる。そのエキセントリックな便箋に相応《ふさわ》しい差出人だった。

J。

そのイニシャルが何を意味するのか、今ではよくわかっていた。〈ジュン〉のJだ。そして、手紙の中にあるとおり、たしかにある時期、二人は時を共にした。

ジュンが、まだ自分と繫がろうとしている？

にわかには信じがたいことだけれど、ここにある手紙はたしかにその存在を伝えている。冷花と彼とはあの時、運命的に急接近した。しかしそれは、男女の仲よりも、もっと尊くて、崇高な関係。少なくとも冷花はそう記憶している。その意味では、ジュンの言う〈結ばれるチャンスがあった〉というのは当たらないような気がする。ただ、感じ方は人それぞれだ。ジュンの考えを否定する気はない。

けれど、すべてはもう遠い過去の出来事でもある。つまんで取り出すことなどそう簡単にはできないほど奥底へしまいこまれた記憶を、この手紙は掘り起こそうとでもしているかのようだった。

そこへ、強力なワイヤーで意識を現実に引き戻そうとするみたいに、唐突にインターホンが鳴った。冷花の心臓が魚のごとく飛び跳ねた。

時計を見て驚いた。いつの間にか弟の来る時間になっている。結局お昼をどうするか何も決まっていない。まあ仕方ないか。相談してどこかへ食べに出るのもいい。

ドアを開けると、弟がケーキを持って立っていた。相変わらず、黒いスーツに白のYシャツ。髪はパリのポイエーシス大学での客員教授生活を終えて帰国した直後より短くなり、清潔感は以前より増している。

「いらっしゃい。それにしても珍しいこともあるものね。あなたのほうから訪ねてくるなんて」

「まあいろいろと話したいこともあってね」

家に行ってもいいかと連絡があったのは昨日のことだった。

「あの子とはうまくいってるの？」

「あの子？」

「ほら、あなたの付き人をしていた……」

弟には大学時代の同級生で、弟が若くして教授職についてからは〈付き人〉として行動を共にしてくれる女の子がいる。引っ込み思案に見えて、こうと決めたらどこまでも進んでいく行動力のある何とも不思議な雰囲気の子だ。

「ああ。まあね」

「あんたは昔から言葉にしない悪い癖があるけど、付き合い出したらそれじゃダメよ？ありがとうでも愛してるでも、毎日でも口に出さないと……」

「そういうの、向いてないな」

「え？」

「感情って揮発《きはつ》性のものだから、あんまり言葉にしすぎないほうがいいんだよ。知らないの？」

感情が揮発性だなんて、聞いたこともない。何となく煙に巻かれたような気もする。

「それより、顔色が悪いけど、どうかした？」

あの手紙のせいだろうか。たしかにあまりの不意打ちに動揺しきっているせいで、わずかに血の気が引いているようだ。

「ん？　そう？　健康そのものよ。あ、そうそう、その持ってきたケーキをホストに差し出しなさい。今日のお昼にしましょ」

ランチがケーキなんて手抜きもいいところだが、たまにはこんな感じも悪くない。

「なんて偉そうなホストだ」

弟はぶつくさ言いながらケーキの箱を差し出した。甘さの中に独特の渋みのある香りが漂っている。

「ふむ。この匂いは、私の好きなモンブランね。入ってよろしい」

「もう入ってるよ。相変わらず散らかってるね」

冷花の部屋は、デザイン途中の服やマネキン、買い込んだものの使い道に迷っている布類、裁縫道具やミシンが散乱している。

「本がないだけマシよ」

「いっそ本も植えたほうがいいんじゃない？」

「ここ植物園じゃないですから。あ、そうだ、ちょっと寸法測らせてね」

弟にズボンを新調してやろうと思っていたのを思い出した。

「え？　なんで？」

「いいからいいから」

弟は渋々といった感じで、巻き尺を当てられる。こういう時に不服そうにしながらも従うところはかわいい。

「まあいいや。じつは今日来たのは他でもない。節子《せつこ》さんの葬儀の日の話をしたいと思ってね」

「え……？」

その名がいま飛び出したことに、冷花は心底驚いた。なぜ弟はこのタイミングでその名を出したのだろう？

「覚えてる？　冷花が高一、僕が中一の時。隣家の節子さんの葬儀の席で、みんなが喪服に包まれているなかで、おまえは一人虹色の服を着て現れた。おかげでうちの親は恥をかいたし、近所からは〈とんだ信長《のぶなが》がいたものだ〉なんて陰口を叩かれた。家に帰ってから説教を喰らったけど、ふてくされた態度をとり続けてたよね」

「……それがどうしたのよ？」

「あの時は、また問題を起こしたなって思った。でも少し考えて、妙だなとも思ったんだ。反抗期のピークは中二頃に終わっていた。当時、おまえは高校一年。反抗期はとっくに過去のものになりつつあった頃なんだよ。それなのに、あんな突飛な行動に出た」

「も……モノクロの葬儀なんてダサいと思ったからよ」

「それも理解はできる。その後、ファッションデザイナーの道を進んだわけだから、きっとそういう反逆精神はもともとあっただろうね。モードを更新するのは、ファッションデザイナーの宿命だ。でも、亡くなったのは隣近所の女性だ。僕らの親じゃない。あの場でそんなことをすれば常識を疑われることはわかっていたはず。なのに、おまえはド派手な衣装で葬儀に現れた。ずっと気になっていたんだ。あれはやっぱり冷花らしくなかったんじゃないかって」

この子はどうしていつもこう自分の本質を摑んでくるのだろうか。

「なに、どうしたのよ、こんな何年も経ってから。ヘンだよ?」

あれからもう十年以上の歳月が流れている。

「何年も経ったからこそ、語れることもあるんじゃないかと思ってね。知ってた? 三日前、亡くなったらしいよ。シゲヤさん」

テキスタイルデザイナーのシゲヤ。彼は、冷花たちの家の隣に住んでいた。そして、その夫人こそが、節子さんだった。

あの日のことを考えようとすると、頭が痛くなる。

「とりあえずお茶淹れるよ」

立ち上がろうとするこちらの肩をぽんと叩き、弟はシャツを腕まくりした。

「座ってて。僕が淹れるほうがたぶん美味しいから」

弟は紅茶の支度を始める。ダージリンティーの淹れ方なら、たしかに弟のほうが詳しい。

その間に、冷花は手紙の続きを読み進める。その内容こそ弟がいま知りたがっている節子さんの葬儀と関係している可能性があるのだから。

差出人は、霧崎《きりさき》シゲヤの一人息子だ。

4

母がどういう人なのか、少しだけここに記しておこう。母と僕は血が繋がっていなかった。僕は父の先妻の子で、僕の実の母親は僕が三歳かそこらの頃に亡くなってしまったんだ。

父が節子、つまり母と出会ったのはその直後だった。僕のことをよその親戚に預けようかと迷っていた頃に、生花造花を問わないフラワーアレンジ専門店を営んでいた母に恋をした。そして、僕を気に入った母が「お仕事の間は私がお預かりしていましょうか？」と父に言ってくれたおかげで親戚に預けられずに済んだんだ。

父が母との再婚を決めたのは五歳の時だった。母は僕に自分のことを「お母さんと呼んでくれたら嬉しいけど、無理はしなくていい」と言った。

母は海の見える街で生まれたらしい。父親も母親も物心つく前に災害で亡くなり、その後は親戚の家を転々として過ごしたのだとか。よく部屋の隅でうずくまっていて、僕が声をかけると、母はこう答えた。

――いま私は貝殻になっているのよ。こうしていると、海の音が聞こえるような気がするの。

貝になっている時の母は、気配というものが消えて、本当に空っぽになっているように見えた。身体の中に溜まった感情を見えない海に流していたのかも知れない。

母はどこか少女っぽくもあり、けれど同時にとても包容力があって強い人でもあった。なぜ母が父みたいに横暴な人間と結婚しなければならなかったのかはわからないが、とにかく母は父と出会い、結婚した。

でも、いま思うと、それも半分以上は僕のためだったんじゃないかという気がしてしまう。彼女はたぶん、早くに親を亡くした自分と僕を重ねていた。そして、僕に同じような思いをさせないように寄り添いたいと思ったんじゃないか。そんな気がしてならない。

実際、結婚後の母は、大人の女性がもつべき自由の一切を奪われた暮らしを強いられた。着るものは曜日ごとに指定され、一週間分以上の服を持つことは過剰なお洒落だとして禁じられていた。

異常に思えるだろうけど、父は母を外に出したがらなかったんだ。母は淑《しと》やかで美しかったから、きっとよその男の人の目が心配だったんだと思う。

愚かで間違ったことだけれど、父はたぶんそうせずにはいられなかったんだろう。そのため、母は日がな一日を僕以外の誰とも話さずに過ごさなければならなかった。ちょっと風変わりなところのあるせいであまり学校にも通わなかった僕は、毎日母と二人で過ごした。

父の生まれ育った家庭では、家長が配偶者を勲章のように誇る一方で、つねに他人に奪われやしないかと冷や冷やしていたらしい。女は男に理解できぬ意思をもっており、どんなに大事にしたところでどうせどこかで浮気をするんだって、父の父はいつもそう言ってたんだって。おかしいよね。でも父はその思想をそのまま受け継いだ。

母はよく、父がどれほど人間として未熟で、自信を持たずに生きてきた哀れな存在なのかということを説明してくれた。そして、おまえはああいうふうになってはいけない、と教えてくれた。

母はとても美しい皮膚をもっていた。母の皮膚は笑い、怒り、涙する時でさえも美しかった。母は僕にとって理想の女性だった。僕はその皮膚に憧れ、心ひそかにその皮膚を剝《は》いで自分のものにしたい、と何度も思ったものだった。それは一つの欲望だったのかも知れない。

僕はよく彼女の部屋に入り込んでは、彼女が眠っているのを確かめてから、そっとその皮膚を撫でた。そうするととても気持ちが落ち着いた。

考えてみれば、僕のこうした執着があの惨事につながったのかも知れない。

僕はいつも母の後ろをくっついて、母のスカートの裏に隠れるようにして行動していた。自衛官としての経験のある父からすると、何をするにもなよなよしている僕は、苛立たしい存在でしかなかったのだと思う。いつも蛆虫《うじむし》でも見るみたいな目で、母の背後に隠れている僕を忌々しげに見ていたっけ。

日曜日はたいてい父は家にいるから、僕はなるべく父と顔を合わさなくて済むように、日中は庭園で過ごした。父が庭園に入ってくることは滅多になかった。そこは、母に与えられた空間だった。一年中美しい花々に囲まれた楽園。僕はその中で自らの想像の翼を広げているのが常だった。花の精になり、時に侵略者になり、時に探検隊になりながら、無人の楽園を味わいつくした。そこには恋も冒険も恐怖も笑いも、すべてが詰まっていた。

君と出会ったのは、十五の春だった。

僕はその時、庭の石を集めていた。小さな城を作ろうと思っていたんだ。すでに王女と馬は出来上がっていて、あとはお城を作り、王女に見合う服を花弁で作ってあげれば完成となるところまで来ていた。

その時、ふと隣の家との間にある石垣の一部が崩れかけてできた穴から、黒髪の天使が顔を覗かせた。

それが——君だった。

5

あの日のことは、冷花もよく覚えていた。ちょうど今ぐらいの季節だった。小さなアパートから一軒家に越して二年目だったろうか。隣家に自分に年齢の近い子が住んでいることは知っていたけれど、取り立てて交流があるわけではなかった。

その頃の冷花は、暗中模索の日々を送っていた。自分はどこへ行くのか。どんな大人になるのか。何もわからないなかで、このまま進路を決めていいのかと悩んでいた。親はあなたの好きにすればいいというけれど、その「好き」がよくわからない。わからないからこそ現実逃避していた。

悪い仲間と組むほど人付き合いが得意でなかったのは、よかったのか悪かったのか。冷花はいつも一人で夜の街をぶらぶら歩いた。大人に絡まれそうになっては逃げ、ひとりぼっちの女子高生でも放っておいてもらえそうなカフェに身を寄せては夜の更けるのを待って帰宅した。帰ると大抵弟がふてくされた顔で待っていた。

——おまえ、自分は大人だと思ってるんだろ？

——ふん、まあね。

——大人は大人ぶったりしないんだよ？

——……何それ。

——昔から背伸びが痛々しいんだよ。べつにいいじゃん。夢が決まらないならそれでも。今日何食べたい、とか、明日どこへ行きたいとか、そんなことでいいんじゃないの？　おまえなんてずっとそうやってその場しのぎで生きてきたじゃん。向いてないんだよ。そういう果てしなく先のことを考えるのに。

——ムッ……。

——おまえ今どんな大人になるんだろって考えてるのかも知れないけど、どこかに劇的な変化が待ってるわけじゃないんだよ。ただ毎日のボーダーラインを越えてくだけなんだよ。

冷花が言うと、弟は顔を赤くしながらシャツの肩の辺りを何度も持ち上げた。照れた時の弟のクセだ。

——何それ、ちょっとかっこいい。

——ま、まあとにかくだ、たまには庭の手入れでもして過ごしなよ。前のアパートのベランダから移植したネモフィラ、今年も咲いてるよ。

弟はそう言ったきり部屋へ引き上げていってしまった。冷花が中学生の頃は、まだ寝室が一つしかなくて、同じ部屋で二人で寝ていたのに、いつのまにか弟は大きくなってしまった。

冷花は成長した弟の背中を見ながら、ふとベランダの外に目をやった。思えば、この家に越してきてから庭先で時間を過ごしたことなんかほとんどない。もうその頃には家の外の世界が楽しくなっていたから。

翌日、冷花は弟の言葉を実行するようにして、庭の手入れをして過ごすことにした。ネモフィラの周りに少しばかり雑草が生えていたので抜いたりした。

隣の家との石垣の下部に小さな抜け穴があることに気づいたのはその時だ。ちょっとだけ覗いてみたくなってかがみこむと、石垣の向こう側に花園が見える。しかし妙だ。春なのに、ダリアが咲いているのが見えたのだ。なぜこの季節に？

春先だから花々が咲き始めるのは不思議はないが、ダリアはおかしい。それに、その他の花の色彩もあまりに豊かすぎる。四月初旬の植栽にしては鮮やかすぎた。もっとしっかりと覗いてみたくなったので、もう少し顔を塀の向こうに出してみることにした。一瞬のことだから隣家にも気づかれないだろう。そう思った。

ところが、実際に冷花がその穴に頭を突っ込んで最初に目にしたのは花園ではなく、その付近にしゃがみ込む少年の姿だった。その少年は小麦色の長い髪とエメラルド色の目をしていた。まるでビー玉のようだ、と冷花は思った。少年自体がガラス細工でできているみたいだった。年の頃は自分と同じか少し下か。

こんな子が隣に住んでいたなんて全然知らなかった。父親同士が仕事の関係で親交があることは薄々知ってはいたが、家族構成まで考えたことがない。

——あ、ごめん……初めまして。

冷花が笑いかけると、なぜか少年はぴくりと身体を震わせ、逃げようとした。同い年の男の子たちに比べると体つきが華奢《きゃしゃ》だが、目の奥には狼のような荒々しさも感じる。

——ねえ、待ってよ。私と少しお話ししない？　今日、暇なの。

冷花のこの誘いに、少年は、振り返った。

——あの……僕……。

——こっちに来られる？　それとも私がそっちに行く？

すると激しく首を横に振った。

——……今はダメなんだ。

——どうして？

少年はどこか怯えたような表情で背後を振り返った。

——お父さんに気づかれるとまずいから。

——お父さん、こわいの？

少年はじっと冷花の顔を見た後で言った。

——陽が沈む頃、一時間だけならここで話せると思う。夕方からお父さん出かけるんだ。

——わかった。その時間にこの抜け穴潜ってそっち行くね。

人が通れる確証はない。でも、自分はスタイルもいいし、たぶん大丈夫だろう、と冷花は気安く考えた。

——ほんとうに……？　本当に来てくれるの？

期待に満ちたように目を輝かせて尋ねる。人間を知らない妖精と話しているみたいだった。この子はこれまでどんな人生を歩んできたんだろう？　まったくスレていない。

――もちろん。お友達になりましょう。

……ありがとう。

胸が高揚していた。これまで異性に対して感じたことのある、どの感情とも違っていた。

それが、ジュンとの出会いだった。


「はい、ダージリンティー」

弟に紅茶を差し出されて、我に返った。弟の目は、冷花の手元の便箋に留まっていた。

「人間の肌を思わせる封筒に、血を吸ったように赤い便箋、か。その手紙、もしかして〈切り裂きジャック〉から来たんじゃないの？」

「……どうしてわかんのよ？」

ジュン。彼のことは、いまでは多くの人間が〈切り裂きジャック〉として記憶している。

なぜ弟は、この手紙が彼からだとわかってしまったのだろう。

「時期的に、そろそろおまえにコンタクトをとるんじゃないかと思ってた。理由は、父親が亡くなったことが関係しているのかな。いずれにせよ、まずあの日の出来事を掘り返そうか。あの葬儀の日、本当は何があったのか」

ダージリンティーに口をつける。ほんのりと甘く、身体の芯に届く渋みが心地よい。日頃自分で淹れている時より何倍もクセが強く、個性的な味わいに驚かされる。これが同じ茶葉を使って淹れられた紅茶なのだろうか。

そしてその独特の味わいが、あの日の記憶の扉を開こうとする。これまで、意図的に鍵をかけてきた扉を、弟はこじ開けようとしているのだ。

「冷花は朝から機嫌が悪かった。そして、僕に当たり散らしたね」

生理の周期でもあったが、理由はそれだけではなかった。当たり散らしておいたほうがいい、と判断したのだ。とにかく遠ざけておきたかった。

「それから数分後、お腹が痛いからといって部屋に籠もった。母さんが、葬儀に参列するから早く支度をしなさいと言ったのに、なかなか下りてこなかったよね」

「そうだっけ?」

「母さんたちは、おまえが喪服の着替えに手こずっているんだと思っていた。前年におじいさんが亡くなったこともあって、喪服を持っているのは知っていたから。それで僕たちは先に葬儀場へ向かった」

隣家の葬儀に家族総出で出かけたのは、大手家具メーカーで働く父にとって、シゲヤが商売相手でもあったからだった。

けれど、冷花は一緒に行くことを拒んだ。遅れて行くから、と。

なぜなら、その葬儀に向かうために、特別な支度をしなければならなかった。とても特別で、大切な支度を。

6

夕方に君が来てくれた時のことは、今でもはっきりと覚えている。あの穴をくぐって庭先に現れた時、僕は庭園にこの世ならざる天使が降り立ったんじゃないかと本気で思った。それくらい、君の美しさは際立っていたんだよ。

君はうっとりするような眼差しで庭を見回して、「童話の世界にいるみたい」と言ったね。僕はとても嬉しかった。だってそれは僕の母が造った自慢の庭だったのだから。母は僕によく言ったものだった。

――この庭は永遠に美しい。四季も年月も関係なく、永遠にね。あなたがその永遠の目撃者になるのよ、ジュン。

ところが、色とりどりの花々が咲き誇る空間を見渡して、君は言った。

――これ、造花ね？

――造花……？

――そう。あなたのお母さんは造花で庭を作っているのね。こんな小宇宙をすべて人間の手で造り上げるなんて、あなたのお母さんは天才なのね。

僕は驚いた。今まで、それらの植物はすべて本物だと思っていたからだ。というか、母がその手で本物の植物を作り出せると半ば信じていたんだ。でも、そう言われて考えてみるとたしかに、僕は一度たりとも母が庭園で花に水をやっているのを見たことがない。子どもの頃から十五歳のその時に至るまで一度も、だ。ただ、家の中にもたくさんのきれいな花々があって、定期的にそれが庭園に移植されていることは、色の配列の変化で感じ取っていた。

なぜ母は庭園を造花で埋め尽くしたりしたのか。すぐに思い当たったのは、母の永遠へのこだわりだった。四季の移ろいによるゾーニングに興味がなかったのだろう。母は永遠にこだわる人だった。それともう一つは、〈びじねす〉と父が呼ぶもののためでもあったかも知れない。父は時折、母の作った花の一部を〈びじねす〉のために持ち去っていた。母はいつもつまらなそうに父の好きなようにさせていた。どうでもいいわと言うみたいに。たぶん、母にとって〈びじねす〉は二の次、三の次のことだったのだろう。

花は儚《はかな》い存在ではない、というのが彼女の口癖だった。花は美しく、永遠に咲き続けなければならない、と。だから、造花を創り上げることは、彼女の理にかなっていたのだと思う。

僕は、母の庭に見惚れる君の顔をしばしじっと見つめていた。「恍惚」という言葉がふさわしい、至福の時間だった。君が庭に見惚れていたとき、僕は君に見惚れていたんだ。

——どうしてそんなに私の顔をまじまじと見るのよ？　変な子ね。

——ごめん……きれいだから……。

母のほかに、こんなに美しい女性を見たのは初めてだった。僕は生まれて初めての感情にずいぶん戸惑っていた。君はそんな僕を見て微笑んだ。その微笑すら、心躍らされるものだった。

この日から、僕の心の奥底に君という棘が突き刺さった。

家に戻ると、母が僕に尋ねた。

——恋をしたのね？　あの隣の子に。

母は部屋からすべてを見ていたみたいだった。少しばかりつらそうにも見えたし、嬉しそうにも見えた。たぶん両方の感情が、彼女のなかには芽生えていたのに違いない。

——ねえジュン、まだ私があなたのためにしてやれることはある？

それで、僕は答えた。

――鋏をちょうだい。

――鋏だけでいいの？

僕はしばらく考えてから付け加えた。

――もしよかったら、母さんの皮膚も。

――……それはダメよ。私の皮膚はすべてあなたの父親のものなの。あなたに与えたら、すぐにお父さんがそれを嗅ぎつけてあなたに何をするかわからないわ。

――どうしても、ほしいんだ。

――……考えさせてちょうだい。すぐには答えられないわ。

彼女はそれから、鏡台の引き出しを開け、僕に鋏を手渡してくれた。初めて手にした鋏は想像していたより重たくて、ずっしりと手に馴染《なじ》んだ。僕はこの鋏で皮膚を切り取る時のことを想像した。それはかぎりない快楽のように思われた。

鋏を持ち出した頃から、僕は時折記憶の欠落に悩まされるようになった。あまりに物事に没頭しすぎるせいなのか、自分が何をしていたのか記憶がないことがたまにあったんだ。

集中力が高いのね、と父の外出中の出来事だという気安さも手伝ってか、母は暢気《のんき》に捉えているようだったけれど、僕にとっては深刻なことだった。ある時なんか、まだ昼間だと思って時計をみたら夜の八時だったりしたんだ。辺りがすっかり暗くなっていることに心の底から驚かされて、落ち着かない気持ちになったよ。この世界から一人取り残されたような気持ちだった。でも集中すると、どうしてもそうなってしまう。自分がどこにいて何時間ぐらい過ごしているのか、何もかも忘れてしまうんだ。あるのは鋏のざくりざくり、というあの心地よい感触だけ。

けれど、それから十日ほど経った日、事件が起こった。

夕飯をまるごと残している僕をみて、父が激怒して僕を殴ったのだ。

——馬鹿に鋏を持たせたりするからこんなことになるんだ！

父はそれからいくらか差別的な言葉を並べ立てて僕をなじった。こういったことは、たぶん君が聞いたらなんてひどい父親だって怒りだすかもしれない。

でも、それまでだって母に守られていただけで、いつそういうことが起こってもおかしくない状況だったんだ。だから、僕にとっては取り立てて驚くことではなかった。生まれたときからその環境にいると、とくに何とも思わないんだ。怖いか怖くないかといったら怖いし、逃げたいけれど、それ以外の現実が手に入るわけでもないから。

だけど、殴られるよりも最悪な出来事がその後に待っていた。父は殴っても腹の虫が治まらないのか、僕の鋏を奪い取って居間の金庫に入れて鍵をかけてしまったんだ。僕がようやく手に入れた翼は、ぽっきりと折られてしまった。

苦しかった。せっかく鋏という素晴らしいものを手にして、羽ばたく術《すべ》を得たのに、またもとの空想にだけ活路を見出す日々に逆戻りじゃないか。苛立《いらだ》ったし、悔しかった。父親に対して初めて殺意に似たものを抱いたりもした。


一週間が過ぎた。

僕は鋏を使いこなして、母の皮膚をざくりざくりと切り裂く夢を何度も見ていた。早く鋏を手にしたかった。そして自在な手捌《さば》きで思うような世界を作りたい、と。

それが叶ったのは一週間後の土曜日だった。

そう、あの朝だ。

僕はいつものように目覚めると、朝食をとった。トーストと無花果《いちじく》のコンポート、それから、ブルーチーズ。父はいつもどおり八時頃に目覚めてバナナにチョコレートソースを塗って食べると、熱い珈琲を飲みながら新聞に目を通した。母が「今日は返済の日です。金庫を開けていっていただけませんか」と言った。父は「いくらいるんだ？」と尋ね、母は「二十五万」と言った。たぶん何かの返済日だったのだろう。

父は金庫の前でカチャカチャとダイヤルを回し始めた。こういう時、父は僕と母に見られまいとするみたいにしてこちらに背を向けて金庫を隠すのが常だった。このときもそうだった。父は母に二十五万円を手渡すと、金庫を閉めてから会社へ出かけていった。するど、母は父が出て行ったか行かないかのタイミングで金庫に手をかけた。金庫は、何の抵抗もなく開いた。

――この金庫はね、閉めた後、十秒後に自動的にロックがかかるようになっているの。つまり十秒間は解錠されたまま。あの人はいつもの癖でそのことを失念したのね。

母は嬉しそうに言いながら僕に鋏を渡してくれた。

――あなたの大事なものでしょう？

――でもこんなことしたら……。

――大丈夫。あの人が帰ってくる前に戻しておけばバレない。

母は僕の手に鋏をしっかり握らせてから、そっと僕を抱きしめた。母の身体から甘い香りがした。母と身体をくっつけていることが僕はきらいじゃなかった。そうしていると、とても落ち着くし、自分が自分として存在できているような充足感を抱くこともできる。まだ僕はこの時点で、母という存在を自分の一部のように感じ、自分という存在を母の一部のように感じていた。

その日の午後だったね、君が庭の向こうの穴から顔を見せて手を振ってくれた時、途端に想像力のマグマに襲われたんだ。君は自分の部屋に来ないか、と誘ってくれた。母にそのことを告げると、母はこう言ったんだ。

――そう。わかったわ。じゃあ、私の皮膚をすべてあげるわね。

嬉しかった。僕はその場で母の皮膚に触れた。すべてがもう僕のものだと思うと、とくべつなものに思えた。

そして、とにかく一週間ぶりに鋏に集中した。母の皮膚を無我夢中で切り刻んだ。そして、その一部を持っていくと、君は僕の熱意を恐れるように見守っていたね。僕は君の前で魔法でも見せるみたいな気持ちで、それらを繋ぎ合わせていった。すべてが、はじめからそうするために与えられたように僕には思えた。

そして、予想すべきことだったけれど、集中しすぎてその間の記憶をなくしてしまったんだ。致命的なことをしたものだと自分でも思う。僕はそのときのことを、今でもずっと後悔している。

気が付いたら、陽が落ちていて、僕は急いで穴を潜り抜けて、家の中に戻り、こっそり自室のベッドに入り込んだ。でもすぐに部屋に父がやって来て、僕を殴り飛ばした。

そして何があったんだ、と何度も僕の身体を激しくゆすった。父は泣いていたが、僕はこわくて何も答えることができなかった。何のことを尋ねられているのかもわからなかった。

——節子の皮膚をどこへやったか言え！　皮膚を！　皮膚をどうしたんだ！

父がこんなに取り乱すのを見るのは初めてのことだった。やがて、僕から手を離すと、呆然としたように天井を見上げながら父は母の死を告げた。うそだ、うそだ、と僕はうわごとのように言いながら母の寝室に向かおうとしたけれど、父に腕を掴んで止められ、殴られて意識を失った。

気が付くと、僕は肌触りの悪い毛布にくるまれていた。主治医が母の診断を済ませて挨拶をして去っていくところだった。話を盗み聞きしたところ、死んだのは間違いないらしい。「いつかこうなるとは思っていましたが……」と無念そうに医師は言ったが、父は納得していないようだった。でも、医師の目から見て、その死に不審なところはなかったらしい。一応その後に警察も来たけれど、母は〈ジサツ〉ということで片づけられた。

けれど、医師や警察が去った後も父は僕と口をきこうとしなかった。ただ無言でリビングに引き返し、金庫を確かめた。そして、鋏がなくなっていることに気づくと、まだ意識の朦朧《もうろう》としている僕の胸倉をつかんできた。

——どこへ隠したんだ？　あの鋏をどこへやった？

——ぼ、僕は……僕は……。

正直なところ、どこに鋏を置いたのかその時の僕にはわからなかった。しばらくして、君の部屋に鋏を忘れてきたことに気づいた。でも、そんなこと言えるわけがない。君に迷惑がかかる。

すると、父は僕をさらに疑って尋ねた。

――おまえが節子を殺したんじゃないのか？　疑われないように俺の鋏とすり替えたんだろう？

父はタオルに包まれた血塗られた仕事用の鋏を僕に見せた。

――そんなこと、し、し、しない……。

――じゃあ、あの時間、おまえはどこで何をしていたんだ？

現実の速度が速すぎて、何も答えられなかった。僕はどこで何をしていたんだっけ？ただ覚えているのは、皮膚を切り裂く感触。その快楽に溺《おぼ》れていたことだけだ。

僕に尋ねても無駄だと悟ると、父は屋敷中鋏を探し始めた。テキスタイルデザイナーという仕事柄、家には鋏が山ほどあったが、いずれも父の職場で管理されており、母がくれたそれとは、メーカーも違えば形も色も違っていた。父が探しているのは、ただ一つ、母が僕にくれたあの鋏だったのだ。

父は僕の部屋の引き出しをすべて開け、ベッドの下を覗き、それでも見つからないとわかると、母の部屋を漁《あさ》り始めた。そのすきに、僕はリビングに横たえられた母に近づき、その死に顔を初めて覗いた。まるで眠っているみたいに穏やかな表情だった。そして、その皮膚はなぜか黒く染まっていた。そんなことは初めてだった。母はどうしてこんな皮膚に……？　父の仕業だろうか？　なぜ、何のために？

――警察は誤魔化せても、俺の目を誤魔化すことはできない。

僕を見る父の目は、もはや息子を見る目ではなかった。彼は僕が母を殺したと思い込んでいるのだった。

僕は途方に暮れながら、母のことを思った。母は永遠というものに憧れていた。いや、むしろ自分自身が永遠の存在であることを信じて疑わなかったのだ。

それなのに、彼女は動かぬ姿となってしまった。

翌々日には葬儀が行なわれるという。それで彼女は完全にこの世から消える。

これからどうやって生きていったらいいのだろう？

自分の身体の一部がもがれたような気がした。鋏を失った時とはくらべものにならない。自分の想像のマグマの源流がどこにあるのかを、僕は思い知ることになった。

僕は母がいなければ一人では呼吸すらまともにできない存在なのか。息が苦しくて、今にも過呼吸を起こしそうだった。

窓から、庭の向こう側で君が手を振ってくれているのに気づいたのは、夕食を終えた時間だった。僕は父の目を忍《しの》んで、そっと庭園に出た。主がいなくなっても、造花でできた人工楽園は相変わらず美しく、月明かりに照らされていた。

あのトンネルから顔を出すと、君は言った。

——どうかしたの？　さっき警察が来てたみたいだけど。

僕は事情を話した。作業にあまりに熱中しすぎて、母が死んだときの記憶がないことも。覚えているのは、母の皮膚を切り取る感触だけ。

君は僕を抱きしめてくれたね。あんなふうに母以外の人に抱きしめられたのは初めてだった。

——いい？　もう泣いちゃダメ。落ち着いて。あなたのお母さんを悲しませないで。

——うん……でも……。

——何も心配しないで。私にすべて任せること。

7

冷花は送られてきた手紙の内容を、読んだところまでかいつまんで弟に話した。

「なるほど、シゲヤさんは息子が仕事用の鋏とすり替えたのでは、と疑っており、対する息子は、母親の死後の皮膚の変化に不信感を抱いてそれを父親の仕業ではと思っている。互いが互いを疑っているんだね。何しろ、〈切り裂きジャック〉には母親の死亡時刻の記憶がない。しかし、医師や警察がその死に不審な点を認めていないということは、実際には他殺を疑う余地のない、わかりやすい自殺だったんだろうな」

「医師の反応から察するに、何らかの予兆はあったのね。その前から未遂が何度かあったのかも」

「手紙の前半に、よく母がうずくまっていた、という記述があったと言ったね？　貝殻になっていた、と。それに永遠に囚われていたような記述もある。彼女は有限の存在を恐れていたのかな。以前、僕は家の近くで花を拾って歩いてたら、隣の家の前で節子さんに声をかけられたことがあったんだ」

「へえ？　あんたが節子さんに？　初めて聞くわ」

「誰にも言ったことはないからね。節子さんは、僕が手にしている花を見て、なんてきれいなのって言った後にこう言ったんだ。でも花が美しいのは一瞬なのよ。もしその美しさを閉じ込めておきたいのなら、押し花にするといいわって。僕が生まれて初めて押し花を試したのは、彼女の言葉がきっかけだったかな」

「そうだったんだ……美を永遠にするために自殺しちゃったのかな」

「今となってはわからないね。だが、とりあえず君が読んだところまででは、〈切り裂きジャック〉はシゲヤさんを疑い、シゲヤさんは〈切り裂きジャック〉を疑っている。警察や医師も知らぬ真実が眠っているとすれば、それは鋏の行方にあるだろうね。謎をまとめよう。
●〈切り裂きジャック〉の鋏はどこへ消えたのか。
●節子さんの死は、自殺か他殺か。
●なぜ冷花は葬儀の席に虹色のドレスで現れたのか。
「わ、私のことまでそこにまとめる気？」

「むしろメインの謎だ。あの日、葬儀に二十分以上遅刻して現れたおまえは、虹色の服を纏《まと》っていた。とても葬儀に相応しい服装とは思えなかった。みんなそう思っていたはずだ」

弟の言葉が、葬儀の日の情景をなぞる。黒衣で満たされた厳《おごそ》かな空間が、冷花の登場でざわめいた時のことを、昨日のことのようにありありと思い出すことができた。

「僕が注意していたのはおまえの表情だった。あの日、おまえは周りの目が自分を敵視するのを覚悟しているように見えた。そういうとき、必ず眉毛が吊り上がるんだよ」

弟はそう言いながら、もってきたモンブランを食べる。

冷花も自分の皿のモンブランをフォークで切り分け、口に運んだ。上等な栗を練って作られた正統なモンブランだった。

「えーとね、ほら、派手に登場したかったのよ。だって、あんなに人が集まる場なんてめったにないでしょ？　わ、私は昔から目立ちたがり屋でさ……」

「たしかにお調子者で、目立ちたがり屋でもある。でも、同時に臆病者でもある。明らかに常識外れとわかることを、あえてやり抜いたりはしない」

「……しつっこいわねえ。まったく何年も前のことを今さら……」

「それが今必要なことだからさ。関係ないけど、最近エドガー・アラン・ポオの『黒猫』を再読していたんだ」

「あの子の影響ね？」

〈付き人〉がエドガー・アラン・ポオの研究者だったことを、冷花は覚えていた。弟は気まずそうに肩をすくめる。

「べつに誰の影響でもないよ。読書ひとつで誰かの影響を受けたりはしない」

「強がりね。でも、あなたは今ではあの子の存在ぬきにエドガー・アラン・ポオについて考えることはできないはずよ？」

「だとしても、再読したのはそれがきっかけじゃない。まあとにかく、その『黒猫』を読んでいて、発見があった」

「黒猫が黒猫を読むってややこしいわね」

弟が大学で黒猫と呼ばれていることをからかったのだが、弟はこちらの意図を無視して続ける。

「僕はあれはもともと母胎回帰のテクストだと思っていた」

「母胎回帰？」

「過ちを壁に隠すという行為は、恐怖から己を守らんとする行動の表れで、端的に言って母胎回帰だ。でも、もう一つ僕は大切なことを見過ごしていたことに気づいた。壁の皮膚性について」

「皮膚性……とは？」

「物理的にそれが何か、ということではなく、ある事象や人物にとって皮膚〈として〉機能しているのは何か、という問題」

「皮膚として機能……している？」

弟は何食わぬ顔で当たり前のようにして言っているが、突然〈皮膚性〉と言われても何のことやら頭の中は疑問符だらけだ。

「ええと、まず『黒猫』は読んだことあるね？」

「もちろん」

語り手である〈私〉は、酔っ払うと暴力的衝動に駆られるようになり、ついには飼っている黒猫の片目を抉《えぐ》る。己の振る舞いを悔やむも、やがてふたたび〝天邪鬼《あまのじゃく》の精神〟が目覚めて黒猫を絞殺してしまう。

その夜、〈私〉の家は炎に包まれ、全財産を失ってしまう。ただ一つ焼け残った壁には猫の姿が映し出され、その首の周りにはまるで絞首台にかけられたみたいに縄が一本巻き付いていた。

やがて妻が新しい猫を引き取ってくるが、〈私〉はそれが以前飼っていた猫のプルートゥにそっくりなことに気づく。そのことに耐えがたくなり猫をふたたび殺そうとするのだが……。

現代にまで続くホラー小説の典型的な要素がいち早く盛り込まれた話だな、と高校時代に読んで思ったものだ。

「たとえば、『黒猫』の主人公にとっては、作中での壁は〈皮膚〉にあたる。そして、その〈皮膚〉が最後に抉られ、主人公は、初めて〈皮膚〉の外に連れ出されるんだよ」

「なるほど……」

「僕は今回、再読をしながら、『黒猫』の中には目を抉る、という行為が出てくることに着目してみた。つまり、主人公は視線を恐れている。〈黒猫〉の視線だね。それは〈死〉の視線だ。猫の名前がプルートゥだというのがそれを象徴している」

「どういう意味なの？」

「冥界を司る神さ。つまり、死神みたいなもんだね。その視線から完全に逃れるために、〈私〉は一匹目の〈黒猫〉を殺す。だが、二匹目が現れる。それで、その猫をふたたび殺そうとしたときに悲劇が起こり、今度は壁にその過ちを埋める」

過ち——そう、大いなる過ちだ。なぜなら、その壁はもはや意思を持ってしまっている。

「壁は〈母胎〉となり、〈私〉はその内側に籠もることで〈生〉以前へと逃避した」

「それが母胎回帰ってことね？」

「そう。母胎回帰なのは確かなんだけれど、母胎回帰の本質を僕は失念していた。それは、胎児にとって母胎とは自らの皮膚だということなんだよ。母胎にメスを入れられることは、胎児にとって自らのテリトリーを侵略されること。つまり、外界との境界線であり、己の〈皮膚〉なんだ」

「〈皮膚〉は境界であり、生と死を分かつものってわけね。でも、なぜその話が今出てくるわけ？」

「わからない？　僕はシゲヤさんの死に関連して、不意に『黒猫』を再読したくなったんだ。あの節子さんの葬儀の一件が〈皮膚〉を想起させたからだ」

「節子さんの葬儀が〈皮膚〉を？」

「あの七色のドレスは、おまえが初めて手にした〈皮膚〉だった。モードは、冷花の〈皮膚〉だ。そうだろ？」

「モードなんて単語があんたから飛び出すとは思わなかったな」

「モードは美学における重要な概念だよ。時代ごとの趣味概念であり、それゆえ短命で、絶え間なく変化していく」

「ふむふむ。まあ、たしかにファッション界におけるモードというのはまさに〈いま〉のことを指すわね」

「そうだね。ファッションの最先端の世界は〈いま〉という意味でモードを扱っている。伝説的なデザイナーのアレキサンダー・マックイーンはその年に社会で起こった出来事を取り込み、そのうえでメッセージを問いかけ続けた。そのような意味でのモードは攻撃的で、アヴァンギャルドなものでもある」

「アヴァンギャルドって言葉もよくわからないんだよね。前衛とかいうけど、前衛って何？」

「あれはもとは軍隊用語だね。文字通り、前で衛《まも》る。稼働小隊として未知の土地に進出する前衛部隊を意味した。それが、十九世紀に空想的社会主義の周辺で、革命的目標設定をともなうあらゆる局面に転用されるようになった。時にはその概念は、芸術の制度自体へ向かう場合もある」

「つまり、モードは流行の先にある前人未到の場所へ行くことが求められるわけね？」

「そういうことだね。冷花、おまえはある時期から、ファッションによって——あるいは、前衛によって、己を守るようになった。攻撃的な衣装を身に着けることが、自分を守ることになると知ったわけだ」

弟には、自分の行動原理がすべてわかっているのだ、と冷花は観念した。だが、だからと言ってすべてを晒すわけにはいかない。

「そうよ。だからあの日も……」

「違うんだよ」

「な、何が違うのよ？」

「あの日までは違ったんだ。あの日から冷花の〈皮膚〉はファッションになったんだよ」

本当に、何もかも読まれている……。わかってはいたけれど、弟は恐ろしい子だ。まったくもってそのとおりだった。それまで冷花にとってファッションは、ありあわせのものでよかった。周囲からのお仕着せの〈女の子らしさ〉みたいな服装でなければ、何でもよかったのだ。

それが、あの日、明確にそれだけではいけない、と悟った。

「おまえはあの日、〈切り裂きジャック〉を庇《かば》おうとしたね？」

「……もう降参ね。ええ、その通り。私は何とかして彼を守りたかった」

だから――あんなことをしたのだ。

目を瞑ると、今でもあの葬儀の日に戻ることができる。モノクロの世界のなかで、ただ一人自分の存在だけが、カラフルに染まっていた。

8

とにかく、僕がこうして筆をとったのは、まず何よりも君に感謝を伝えるためなんだよ。

葬儀の前の日、君は僕を自分の家へとふたたび招き入れた。

――父さんは、僕が母さんを殺したと思ってる。

僕がそう言うと、君は言葉を詰まらせたね。僕は君のベッドの枕元に置いてある鋏を一日ぶりにもった。そして後悔の念がよみがえった。この鋏さえもたなければ、僕は時を忘れてしまうこともなかったし、母の変化に気づくことだってできたのに。

――父さんは今もこの鋏を探してるよ。

すると、君は冷静さをいくぶん取り戻して言った。

――大丈夫、私に任せて。あなたをひどい目になんか、絶対遭わせない。僕は嬉しかった。君は僕を抱きしめてくれた。母みたいにしっかりと、慈しむように。

――あなたはあの日、ここにいた。アリバイがあるんだもの。

たしかに僕はあの日君の部屋を訪れた。でもそれが何になるっていうんだろう？　何の証明にもなりはしない、と僕は思った。でも君は何度も大丈夫、大丈夫だからって言ってくれた。

それから、ハッとした表情になった。

――弟が帰ってくる。行ってちょうだい。あの子は鋭いから。

そう急《せ》かされて、僕は君の部屋を後にした。じつのところ、君の弟については僕も知っていた。あの聡明そうな子どもにかかったら、僕の本性なんて簡単に暴かれてしまうだろう。

君は別れ際に言った。

——葬儀の席で、証明してみせるわ。


葬儀の当日になった。僕は朝から着たくもない喪服に身を包んで来訪客に頭を下げるのに忙しかった。父はずっと僕の動きを注視しているように見えた。

葬儀の会場は、近所の教会だった。我が家はカトリックだから、母の葬儀も当然カトリックの儀式にのっとって行なわれることになった。ドイツ人の神父さんが僕を慰めながら、何も心配いらないよ、と話した。お母さんは天に召された。素晴らしい人だったから神様が必要とされたんだよ、と話した。もしそれが本当なら僕は神様を殺さなくちゃ、と思ったけれど、そのことは黙っていた。

参列者の群れは僕には恐ろしかった。黒なんて、僕の家では父以外に着ているのを見たことがなかったから。黒は、死を意味している。誰もが母は死んだのだ、と僕に迫って説得しているように見えた。こんなのは間違っている、と僕は思った。

母は永遠に生き続けると、そう言ったじゃないか。

一人の少年が、僕の前に現れたのはその時だった。その少年を見るのは、初めてじゃなかった。二階の窓から家の周りを見ていると、何度か学生服で出歩く姿を見たことがあった。

　彼は僕をひと目見て、こう言った。

――昨日、僕の家にいたでしょ？

　こう書けば、その少年が誰なのか、君にはわかるだろう。そう、君の弟だ。彼は僕が前日に君の家にいたことを知っていた。

――他人の出入りした匂いって絶対に消えないんだ。それともう一つ、自分の姉の変化くらい見落とさない自信がある。でもあなたはいい人そうだ。

――……勝手に入ってごめん。

――さっきからあなたのお父さんがあなたを見てる。お母さんの死と関係があるの？

　僕は答えなかった。ただ、迷子の子犬みたいに心細い心境で、彼を見ていた。

　彼は僕に言った。

――まあいいや。とにかく、冷花のことは信じていいよ。あいつは頼りないし、ちょっとバカみたいなところがあるけど、信じられる奴だよ。

　僕はその言葉通り、実際、君を待つことしかできなかった。

　やがて、神父さんの説教が始まった。まず聖書の一節を読み、その後で、それについての長い長い解釈が語られる。そして、あの瞬間が訪れた。

ドアが開く。外からの光が入り込み、虹色に輝く君が現れたんだ。

9

「〈虹色〉の概念はじつは各国で違いがあるが、虹の研究をしていたニュートンは七音音階にちなんで七色としたとも言われている。七音音階を開発したのは修道士のグイード・ダレッツォだからね。七が聖書において重要な意味をもつことはわかるよね？」

「神様は一週間で世界を創造した、でしょ？」

「そう。シゲヤさんが節子さんに服を七着しか与えなかった理由だね。七は神聖な数字だったんだ。そして、節子さんは、月曜から日曜まで、赤、橙、黄、緑、水色、青、紫の服を順に着ていた。できるだけ胸元の開いていない服にしたのも、長い丈のものにしたのも、すべてシゲヤさんの指示だったのだろう。シゲヤさんは誰にも節子さんの美しさを知られたくなくて、それらの服こそを節子さんの〈皮膚〉としてしまった」

「服を、皮膚に？」

「本当に服を皮膚と捉えたわけではなく、あの家では服のことを〈皮膚〉と呼んでいたんだ。その下にある肌の露出をタブー視するためにね。だから、その手紙に書かれている〈皮膚〉はすべて服のことを示している——と、もちろんそのことにおまえは気づいていた。そうだろ？」

「……はっきり気づいていた、というわけじゃないのよ。いま言われて、初めてそういうことなのかって、見えていた風景の法則がわかった感じね。シゲヤさんが服のことを〈皮膚〉と呼ばせたのには、ジュンがワンピースを着たりして服に興味をもつのを恐れたのもあるのかもね。いずれにせよ、異常なことには違いないわね」

「七色の服を着せられたのは節子さんにとって本意ではなかっただろう。とくに永遠の概念に囚われてからは、このまま人生が終わっていいのか、と思っていたことだろう。毎日決まりきった色彩をお仕着せにされて生きるのは、相当なストレスだったはずだよ。そして、ジュンさんが隣家の少女に恋した時、息子が外の世界へ出るべき時を知り、節子さんは決意したんだろう。自分の〈皮膚〉を切り裂くべき時が来た、と」

それが、ジュンに鋏を渡す、という儀式につながったのだ。そして、ジュンはその鋏に創作意欲を激しく刺激された。

「あの日の衣装はユニークだったね。腹部が開いていて、まるで帝王切開で赤子を取り出した後の様子みたいなデザインだった。それが、おまえが初めて手に入れた〈皮膚〉であり、それはもともとは〈切り裂きジャック〉の母親の〈皮膚〉だったんだ。あの服は、月曜から日曜までの七色の服を巧みに切り貼りして作られた服だね？」

「そう――彼は七着の服から一着の奇跡を創り出した」

着る服を失った節子さんは何も身に着けずに亡くなった。シゲヤさんはそんな彼女の死体に医師が到着するよりも前、恐らく死後硬直の始まらぬうちに黒衣のドレスを着せた。〈皮膚が黒くなった〉理由だ。

「本来なら、ジュンの処女作を纏うべきは節子さんだった。でも、それはあの状況では不可能。だから私が着ることにしたの。いま世界中を席巻しているブランド、〈ジェイコブK〉の総監督を務めるデザイナー、ジェイコブ霧崎は〈切り裂きジャック〉の相性で親しまれている。その本名は、霧崎ジュン。

彼が作った初めての服は、母親のドレスをカットしてリユースしたものだったというわけ。母親の〈皮膚〉と彼は表現したわ。彼の母親は造花のデザイナーで、つねに庭は造花でいっぱいだった。テキスタイルデザイナーのシゲヤさんは、そんな節子さんのマネージャーも兼任していたそうよ。そして、節子さんの展示会でも露出を徹底管理した。彼女が本当に自由にできたのは自分の庭だけなのかも知れないわね。私はその庭に足を踏み入れたとき、ジュンに母親の一部として認識されたの」

「彼は母親の外側へと出る術を知らなかった。恐らくは、父親という脅威の存在のせいだろう。それで長らく籠もった世界にいた。それが、おまえが庭に勝手に入り込んだことで、運命が変わったんだね」

「そういうことね。もちろん、運命が変わったのは、彼だけじゃない。あの時、彼の作品を観たことで私の運命も変わった」

「あの日がなければ、現在の職業を目指すこともなかったわけだからね。それはそうと、おまえが葬儀の場にあの服を着てきたのは、節子さんを供養するためではない。それがあの日の証明になると思ったんだろ？」

弟の推理は相変わらず鋭利な刃物のようによく切れる。

「そうよ。見れば彼の母親のドレスを使ったものだというのはすぐにわかる。その服の素材を開発したのは、シゲヤさん自身なんだから。自らが与えた七着の服を切って縫合したものだってことがわからないわけがない。私がその服を着て現れれば、鋏が何のために使われたのかも同時に理解できるはず。そして、もう一つ。あの洗練されたデザインを見たら、ジュンの才能にいやでも気づく。芸術に携わる者として、どう動かなければならないか、考えなくても明らかよ」

弟はダージリンティーをゆっくり飲み干すと、目を閉じたまま深く頷いた。

「なるほど……やはりね。つまり、彼の才能の開花を見せれば、父親の虐待から彼を守れると判断したわけだ」

「そう。節子さんのマネジメントをしているのがシゲヤさんだってことは、お父さんから聞かされていたもの。でも、それが正解だったのかどうかはわからないわね。たしかにそれによってジュンへの疑念は晴れたけれど、シゲヤさんは以前にもましてジュンに固執するようになり、彼をマネジメントして酷使するようになった」

「つまり、ある意味ではジュンさんは自分の創り出した〈皮膚〉によって苦しめられるようになったわけだね。だが、それも終わりを告げた。シゲヤさんが亡くなり、こうした手紙が届けられたことがすべてだよ。今後は大手ブランドの〈フラナガン〉が〈ジェイコブK〉を買収し、彼と独占契約を交わして窓口となるらしい。彼はついに父親の手を離れたんだ。手紙の締めくくりはどうなってる？」

「まだ読み途中よ」

冷花は、ふたたび手紙に目を落とす。赤い便箋に記された銀の文字は、いまにも声を伴いそうなほどにジュンらしさに溢れている。

――長々と書いてしまったね。

君に感謝を伝えたくて手紙を書き出したんだけれど、だいぶ無駄なことも書いてしまった気がする。

とにかく、今日の僕があるのは、君のおかげだ。そして僕はいまや完全に自由の存在となった。僕と君は、恋愛とはまたちょっと違う、もっと崇高なもので結ばれているんだと思う。

君がSNS上で服を発表していることは知っていた。どれも、ひと目で見る者を虜にする工夫に満ちていた。君らしい破天荒さと、冒険心が、着る者の心を自由にする。ファッションを纏うっていうのは、いつだって新たな〈皮膚〉を手に入れることだ。僕は今でもそう思ってる。そして、君にはその才能がある。

僕のもとで一緒に働いてくれないだろうか。君の助けが要るんだ。

もし気が向いたら、連絡がほしい。

あの日の、庭に現れた天使を思い出しながら。

冷花は瞼を閉じ、熱いものが伝うのを必死でこらえた。

「一緒に働かないか、だって」

「おめでとう。冷花が〈フラナガン〉のデザイナーか。世の中わからないもんだね」

「バ、バカなこと言わないでよ。誰がこんな話、受けないわよ」

「断る理由はないと思うけど？」

「受ける理由もないわね。それに、チャンスは自分の手で摑まなくっちゃ」

「彼との間には特別な絆がある。そして彼はおまえを必要としているよ？」

「そうね。それはそうかも。だとしても、私はね、いまの私にまだぜんぜん納得してないの。だから、わるいけどこの手紙には返事しないつもり」

冷花は思った。あの完全な庭、そして美しい服。いつでも、あの親子の世界が脳裏にあった。あんなすごいものを自分でも手掛けたい、と。けれど、今はまだできていない。

もしもいま、彼と共に仕事をすれば、きっと一生彼の才能にひれ伏して生きていくしかないだろう。かりにプライベートで恋愛感情のようなものが芽生えたとしても、もうそれはあのときの庭園で味わった体験とはべつの代物だ。

「冷花、僕が思っていたより、だいぶ骨のあるデザイナーになってきたみたいだね」

弟が生意気なことを言って笑う。

「馬鹿なこと言ってんじゃないわよ！　それより、さあ、型ができたわ。一回穿いてみて」

手元には、冷花の手で縫い合わされた弟のための新たな〈皮膚〉が仕上がっていた。

「え、ここでズボン脱ぐの？」

弟は戸惑った表情を見せる。少しばかり頬が赤くなっているような気もする。

「ほら、恥ずかしがらない！」

「いや……なんかやだな……」

「ほら、さっさと脱ぎなさい！」

しぶしぶとズボンを下ろす弟は、あの頃と変わらぬ少年っぽさがまだ残っている。あの時、弟は弟で姉のためを思って動いてくれていたのだ。それを思うと、愛おしさが込み上げてくる。

「ねえ、私、まだまだいけるよね」

「ん？　さあね。でも、自分の才能を信じ続けるかぎり、才能に終わりはないと思うよ。僕があの日、彼に冷花のことを信じていいと言ったのは、そういう意味なんだ」

そう言われた時、冷花はふと思った。弟が言葉を費やさないのは、人を疑わずに信じることができるからなのかも知れない。そして、物事の裏側が見えてしまう弟にとって、誰かを信じること自体が、とても尊いことに違いない。だから、弟が〈信じる〉と発する時、そこにはただそれだけではない崇高な意味が生じているような気がする。

「信じるっていいもんだね……もう少し、自分の才能、信じてみよっかな」

「それがいい。そのほうが、その鋏も喜ぶよ」

弟はテーブルに置かれた、あの日冷花がジュンからもらい受けた鋏を顎《あご》で示した。それから、冷花の作った〈皮膚〉に足を通した。

群衆と猥褻

The Man of the Crowd, 1840

■群衆の人

　とある病気からの回復途上にあった私は、ロンドンのカフェで街の景色を眺めて楽しんでいた。そのうち群衆に興味が向き、人々の表情や服装を分析して分類したり、身分や職業を類推したりしていたが、ふとある老齢の男の表情に目が留まり、興味を引かれて尾行を開始する。

　その老人は人ごみのないところでは落ち着きがなく、人ごみに入り込むと途端に安堵の表情を浮かべる。無益で何も起こらない追跡に飽きた語り手はついに老人の前に立って彼を見据えるが……。

　ヴァルター・ベンヤミンに「探偵小説のレントゲン写真」と評された、暗示に満ちた一篇。

1

戸影《とかげ》から連絡があったのは、ゴールデンウィークの初日のことだった。のっけから、じつに軽快で大きな声だった。

「こんにちはー。休日で寛《くつろ》いでるところ失礼します」

「べつに寛いではいないよ」

文献と睨めっこしていたところだから、少し不機嫌に返した。こういう時は誰からの電話も迷惑なのだが、戸影はやたら飄々《ひょうひょう》としているので忙しいときはつい邪険に扱ってしまうところがある。

「先輩っていまご自宅ですか？」

「そうだけど？」

「あ、よかった。何か水守《みずもり》ちゃんが後ほど先輩に連絡をしたいって言ってましたよ」

「え、香奈枝《かなえ》が？」

　学部生である水守香奈枝とは、じつは小学校が同じで、学年は離れているが、通学班が一緒だった。その縁あって、大学に入った際に親御さんが家に挨拶にきて娘をよろしく、と言うので、こちらも定期的に学生生活は順調かとか、何かと世話を焼いてきたのだった。

　ところが、いざ入学してしばらくすると、こちらに親しみをもって連絡をとったり食事に誘ったりしてくれるのは嬉しいのだが、出てくる話題が授業に出ずに単位を取れる方法を教えてほしいとか、あの先生は文字を適当に埋めただけのレポートでも提出すればいい単位をもらえるかとか、そんなどうしようもないことばかりなので何度か説教をしたこともあった。

　そんなこともあってか、ここ一年ほどは香奈枝のほうからは連絡を寄越さなくなっていた。学生生活も三年目だから、さすがに馴れたのだろう。

　その名が戸影の口から出たことにほんの少し驚いた。狭い美学科の世界とはいえ、修士課程の戸影と香奈枝に面識があったのか。

「なんで自分で言わないの？」

「一年前に先輩に説教されたから、突然連絡するのが憚《はばか》られるみたいですよ」

「ふむ……」

たしかにちょっと小姑《こじゅうと》っぽい感じになってしまった自覚はある。もう自分が研究にどっぷり浸かりきっていて、怠惰な学生の気持ちがわからなくなってしまったせいなのだろう。

「えっと、あと、これは確認なんですが、先輩のお部屋って散らかってたりとか……」

「はい？　私が無精者だと思ってるの？」

あまりに唐突で不躾《ぶしつけ》な質問についムッとしてしまった。電話の向こうで戸影はたじたじになる。

「いや、あの、何でもありません、ごめんなさい」

「いいけど、何なの、藪から棒に」

「ま……まあとにかくですね、そのうち連絡いくと思うので対応よろしくお願いします。では、失礼しまーす」

「え？　ちょ、ちょっと待っ……」

すでに電話は切れていた。何なのよ、一体……。

「まあいっか。電話がくればわかるよね」

とはいえ、すぐに気持ちを切り替えることもできず、いったん手を休め、音楽でも流すことにした。最近はステレオで聴くよりもスマホのサブスクリプションのアプリから聴くか、ＰＣの動画をランダムリピートすることが増えた。ステレオで聴いたほうが音がいいというのはわかるのだけれど、手軽さに勝てないのだ。

指一つの操作で音楽が流れる。打ち込みのドラムに乗っかるように合成された人工女性ボーカルの声は、さながらデジタルな空間を自在に舞う女神の降臨を思わせる。ハウスミュージックを家で聴いているというのも、今では当たり前だけれど面白い現象よね、なんてぼんやり思った。室内に流れているのは、動画サイトで何気なく再生ボタンを押した最近流行《はや》りのブラック・アントというクラブＤＪのナンバーだ。

クラブハウスという場所に一度も行ったことがないが、もしかしたらこれから先の「ハウス」はまさにそれぞれの聴者の「自宅《ハウス》」になるのかも知れない。そしてネットは、それぞれの「ハウス」をつなぐ装置。もうそんな未来は、とっくの昔に現実となっているのか。

こんなことをとりとめもなく考えてしまうのは、本来考えなければならない案件が袋小路にはまり込んでしまったせいだった。

「ああ……困ったな……」

何に困ったのか、そのベクトルさえはっきりしないまま口に出してみる。外は五月になりたてでしとしとと雨が降っている。自宅にいるだけの、連休らしからぬ連休のまま終わりそうな予感がした。

考えなければならないことは山ほどある。もっとも急を要するのは、今月の中頃が締め切りの我が校の機関誌《グラン・ムトン》誌に掲載予定の論文の原稿だ。テーマを「群衆」と決めた時までは、まだ鼻息も荒く、よしやってやるぞという気分だったのだが、しばらく論考を重ねているうちに、完全に手が止まってしまった。

そもそものきっかけは、黒猫の一言から始まった。

——そう言えば、君は「群衆の人」を扱ったことがないね。何か理由があるの？　ポオ研究者なら避けて通れない短篇だと思うが。

理由と言えるほどの理由があるわけではなかった。ただ、学生時代に読んだ時に、自分のなかにこの物語を理解するフックのようなものがない気がして、それきりにしていたのだ。だが、研究者となりさまざまな論文に触れていると、そろそろ本腰を入れて「群衆の人」と向き合う時なのか、という気はした。

ところが、再読しても、やはり難解さは変わらない。何かが摑めるのではと期待して入口に立つも、空を摑まされて放り出されるような読後感だ。

語り手は、ある病気から回復しつつあることを喜んでロンドンのカフェで街の景色を眺めて楽しんでいる。そのうち群衆に興味が向き、人々の表情や服装を観察して分類したり、身分や職業を類推したりするようになったのだが、そのさなかにとある老齢の男の表情に目が留まった。背は低く痩せ細っており服はぼろぼろなのだが、光に照らされると生地自体は上等というちぐはぐさから、語り手は男に興味を引かれ尾行を開始する。その老人は人ごみのないところでは落ち着きがなく、人ごみに入り込むと途端に安堵の表情を浮かべる。無益で何も起こらない追跡に飽きた語り手はついに老人の前に立って彼を見据えるが、なぜか老人は語り手の存在に気づかない。そのことから、語り手はこの老人を、「深い罪の典型」すなわち「群衆の人」なのだ、と結論づけて追跡を終えるのだった。

取り立てて、オチというほどのオチでもなく、起承転結があるかというと、さほどのめりはりもなく、ふわっと読み終えてしまう。

ただ、興味深いところもある。たとえば、語り手は最後にその老人を読まれようとしない書物に譬《たと》えている。いかなる内容も持たず、孤独を嫌い、群衆のなかに紛れることを望む老人の姿は、集団でなければ意見を口にできない日本人にも多いタイプにみえる。

この老人に関して、何らかの罪を負った犯罪者なのでは、という研究者があったが、だとしたら、正体を明かさない語り手が目の前にいながら、まるで無頓着でいられるはずがない。老人はそのような法的な犯罪によらず、集団的自我だけを持ち得ているという罪悪を体現する存在なのだろう。

そのへんまでは辛うじてぼんやり理解できるのだが、それ以上先へ進めない。あれこれ考えるうちに完全に手が止まったので、テレビをつけてしばし椅子の背にもたれかかってだらりとした。

そろそろエアコンが必要な季節か。つい先週まで寒かったと思ったら、もうこんなに暑くなっているなんて妙なものだ。

部屋の窓を開けると、雨音が静かに入り込んでくる。

しとしとと続く雨音のうえに、ブラック・アントのクリアな音が重なり、人工の女神が歌った。

〈もうお眠りなさい、今が何時でも、目を瞑れば夜なのよ〉

導かれるように、目を閉じた。瞼の裏に、たしかに夜が広がった。

2

存在感の薄いテレビがようやく自己主張を始めたのは、夕方四時を過ぎてからだった。

〈政府は、今回の事態を重く受け止め、《芸術の不発展》の中止を要請する見込みです〉

ニュースキャスターの今出川《いまでがわ》陽子《ようこ》が甲高い声で話すのを、あらら、と思いながら聞いていた。〈芸術の不発展〉については、ちょっと前からSNSでだいぶバッシングされているのを見ていた。じつはこのプロジェクト、黒猫が芸術監督として参加しており、うちの学生アーティストの作品なんかもいくつか混じっているようだ。国立の美術館とのコラボ企画でもあり、マスコミの注目もかなり高かったので、中止要請が本当にされるなら、かなりショッキングなニュースではあった。

なんでも、いちばん非難されたのは、ある女性パフォーマンス・アーティストの作品だった。その作品のタイトルは《ヴァニッシング・サン》。真っ白な背景の中に透明なプラスティックの椅子が一脚置かれており、そこに全身を真っ赤に塗ったそのアーティストが日の丸よろしく小さくうずくまっている。

鑑賞者がその前に立ち、よく見ようと近づくと照明が落ちて、途端に真っ暗になる。同時に真っ赤に塗られた彼女の体が発光する。光となった彼女は自在に動きまわり、やがて背を向ける。背中は真っ黒に塗られており、闇に紛れてしまう。それが、あたかも太陽が爆発して消滅したかに見える、というパフォーマンスだ。

以前にネットでその映像を見た瞬間、思わず眉間に皺が寄り、即座に画面をクローズさせてしまった。爆発シーン自体はきれいなのだが、そもそも赤く塗られたヌードをまざまざと見せられている時点で何となく落ち着いて鑑賞できず、しかも後半はわりに艶《なま》めかしく動きまわるせいもあって、芸術というより新手のストリップショーを見ているような感覚が抜けなかった。芸術と呼んでいいのか、即座には判断できなかったのも確かだった。

しかし、そのパフォーマンスが非難されたのは官能性ゆえではなかった。何でも、女性の裸を日の丸に見立てて、しかもそれが爆発して消える、というのが何とも不敬であるとか何とか。そう聞いてから振り返って考えれば、たしかに右傾化する社会に対する過激な警鐘というテーマが改めて見えてきた。

〈芸術の不発展〉は、もともと東京の先進性を世界にアピールするために美術館側が企画し、その芸術監督を黒猫に依頼して始まったイベントだった。国立である以上、そこには国費が投入されている。そのことが、かなり問題視されているらしかった。あんな不謹慎で猥褻なものをアートと名付けて税金を使うのか、というわけだ。

その理屈は、わからないでもない。単に前衛的な芸術なら理解も得られようが、炎上している《ヴァニッシング・サン》などは芸術と言えるのか怪しいと見る向きがあっても不思議ではない。〈芸術の不発〉というコンセプトには重なるけれど、アングラで勝手にやってくれと思う人もいるだろう。

黒猫、これからどうするつもりなんだろう？　電話でもしてみようかな、と思った。でも、じつはここ一カ月ほど互いの仕事が忙しく、会う時間すらまともに取れていなかった。

ちょっと会わなかったり言葉を交わさない時間ができるだけで、人間というのは何だかどう話しかけていいのかわからないような心持ちになるから妙なものだ。もう友人や知人という間柄を超えているはずなのに。

超える——か。難しいものだな、と思う。以前、黒猫は毎日を言葉で確かめていきたい、と言ってくれた。でも、実際にはお互い連絡のとれない日は多い。かと言って必ず一日一度はメールをする、とか約束をしたりすると、そういう約束を交わした瞬間から何かが形骸化していってしまうような気がする。

何となく——心理的に距離ができてしまった。もちろん研究室では二日に一回くらいすれ違う。だが、先日大学の共同研究室に黒猫が自宅から持ってきたらしいバウムガルテンの『美学』が置いてあったので、黒猫の研究室に届けた時のこと。黒猫は礼を言って本を受け取ると、取りつく島がなくこちらの鼻先でドアを閉めてしまった。

もちろん、本人には冷たい対応をしたつもりはなく、きっと慌てて会議に向かわねばならなかったとかに違いないのだが……。

と、そんなことを考えているタイミングで、インターホンが鳴った。すぐさま移動して受話器をとる。

画面には、赤いロングヘアの女性が立っていた。

水守香奈枝。しばらく見ないあいだに、鼻にも耳にもやたらとピアスがついている。この分だと舌にもついているのではないか。

電話が来るって話だったのに、もう本人が来ちゃってる……。しかも、彼女はわりと大きめのリュックを背負っていた。経験的に、わかっていることがあった。悪い予感ほど、よく当たるということだ。

3

「なんか、お邪魔しちゃってごめんなさーい。ご無沙汰でーす、先輩」

久しぶり、とこちらは答えるしかない。そもそも、いまだにまったく心の準備ができていない。親友でさえあまり部屋には入れたくないタチなので、いわんや赤の他人をやである。

「なに、急にどうしたの？」

「え、どうしたって……？　やだ、戸影先輩から聞いてないんですか？　しばらく厄介になりますね」

一瞬、自分の耳がおかしくなったのかと思ったが、そんなことはなかった。

「いやいやいや……聞いてないけど？」

こちらの言葉を聞いているのかいないのか、さっさと上がり込んでリュックを下ろし、伸びなんかを始める。

「先輩のうち来るの初めてですね。先輩の部屋、どこですか？」

「あのね……あっちよ」

リビングで接客しては母が帰ってきたときに驚くだろうと、しぶしぶ自分の部屋に通した。何がなんだかよくわからない。戸影はなぜこんな大事なことを黙っていたのだろう？なんだか無性に腹立たしく思えてきた。

電話が鳴る。

かけてきたのは、黒猫だった。香奈枝にちょっと失礼と言いおいて、急いで別室へ駆け込んで通話ボタンを押す。

黒猫は、いつもの落ち着き払った声で、開口いちばんこう言った。

「赤い髪のじゃじゃ馬の対応に追われているところ悪いね」

驚いたなんてものではない。

「どうしてわかったのか、と言いたげだね」

「……まあね」

「僕が勧めたからなんだ」

「え？　どういうことなの？」

「君と旧知の仲だというので、ちょうどいいと思ったんだ」

「待って待って。なんで旧知の仲だと、あの子を私が泊めることになるわけ？」

するると、黒猫はしばらく黙った後に、そうか君は知らないんだな、と言った。

「どこから話そうかな。まず、〈芸術の不発展〉の中止要請が出るかもっていうニュースは知っている？」

「うん、さっき見た」

「君はそのニュースをどう受け止めたのかな？」

「仕方ないのかなって思ってた。今後黒猫がどう立ち回るのかはわからないけど、少し企画自体が過激すぎた気もするんだよね。『表現の自由と言っても限度があるぞ』みたいな意見は絶対出てくるじゃない？」

「ほほう、限度ね」

何か、奥歯にものが挟まったような相槌《あいづち》の打ち方だ。

「あと『国費まで使ってやることはない』って意見とか」

「なるほどね。お察しの通り、実際そういう意見が噴出した結果、中止要請検討の速報が出たのは違いない。でもそれっておかしな話だと思わない？」

「思うよ。でも、クレームが出る企画に運営側が及び腰になるっていう気持ちもわからないじゃないんだよね」

「その点は同意しよう。だが、物議を醸さないようなものは芸術の境界にあるとは言えまい。今回、僕は美術館側に〈芸術のぎりぎりを狙ってくれ〉と言われたんだからね。君はどんな芸術なら国費を投入するにふさわしいと思う？」

「うううむ……難しいね……昔ながらのアカデミズムに満ちみちた芸術じゃ、全然〈芸術のぎりぎり〉っていうオーダーにそぐわないしねえ、かと言ってウォーホルやリキテンスタインのようなポップアートもすでに古参の域にあるもんね」

「もちろん六〇年代にはあんなものを芸術と呼ぶなという人は大勢いただろうけどね。同じように、現代にだってまだ発掘されていない未来のウォーホルみたいな存在はいる。でも、まだ誰も評価していない段階で、君はそれを芸術と判断できるだろうか？」

「それは……」

言葉に詰まったのは、自信がなかったからだ。本当に自分はまったく新しいものを芸術かそうでないか判断できるのだろうか？　あまり考えてみたことのない問題だった。

「そうね、たとえば、あのSNSでバッシングされている《ヴァニッシング・サン》というアート。あれってかなりきわどいよね。あれを芸術と思うかと問われたら、さすがに前衛的だなんて言葉で片づけていいのか、ちょっと迷うところはあるかもね」

「たしかに、日の丸をヌードで形態模写して、それが消滅するところを表現するなんて、不謹慎だし、馬鹿げているという声は多く聞くね。国家への不敬という問題があるのだぞうだよ」

「……私自身はそこはそんなに気にしてないんだけど、芸術というより、猥褻物にみえるという側面は感じたかな」

「猥褻、か。重要な概念が出てきたね。猥褻と芸術の境界はあるのかないのか。作品にエロティックな要素があれば芸術ではないと考える人もいるだろうが、僕はもしもその作品のなかに何らかの新しい価値が内包されていたり、既存の概念を更新するような刺激性が潜んでいるのならば、たとえ猥褻でも芸術だと定義したいね」

「猥褻と芸術は……共存しうるものなの？」

それは自分にとっても未知の領域だった。日頃の研究対象にはあまり絡んでこないテーマだからだ。

「もちろん。サドの小説しかり、ビアズリーの絵画しかり。猥褻の目的は官能にあるわけではない。まあそのへんのことは自分で調べてみたらいい。もしかすると、君が今度掲載する論文のテーマにもなるかも知れないよ」

「ポオの『群衆の人』のテーマと猥褻が絡むってこと？　どこにも性的なものは出てこないような……」

「たしかにエロティックな作品ではないが、じっくりとその語源から繙いていけば、僕の言わんとすることが見えるだろう。おっと、少しわき道に逸れたので本題に戻ろう。なぜ君に水守香奈枝を預かってもらうのか」

そうだ、その話だった。〈芸術の不発展〉の話を急に黒猫が始めるものだから、そっちのほうへ話が進んでしまったのだ。

「じつはさっき話に出た《ヴァニッシング・サン》と関連しているんだ。あの作品は、テクニックの面では未熟だし、どれほど普遍性を持っているのかは未知数だが、僕はマリーナ・アブラモヴィッチの《リズム０》に近い感想をもった」

「パフォーマンス・アートの創始者のような存在よね」

「そう。なかでも《リズム０》のパフォーマンスは歴史に残っている。彼女は、自らを展示物として、テーブルに鋏やバラといったさまざまな種類の物品を置いて、約六時間のあいだ観衆の好きなようにさせた。するとどうなったか？　終わり頃には彼女は上半身裸にされ、体にナイフで傷までつけられた」

「なんてひどい……」

想像しただけで、恐怖と怒りが同時に込み上げてくる。そんなことがあっていいのだろうか？　集団レイプのようなものではないか。

「信じられない話だが、これは本当にあったパフォーマンスで、観衆はサクラなんかではなかった。彼女はホテルに帰った後、髪の一部が恐怖のあまり白髪になっているのに気付いたそうだ。だが、その果敢な行動力によって、彼女は演者と観衆の関係に潜む猥褻性と狂気とを炙《あぶ》りだして見せた。このような芸術は、観衆の参加を必要とし、オブジェもそれによって変容を余儀なくされるパフォーマンス・アートという形式でのみ可能とされるわけだ。そして、この場合、猥褻なのは芸術ではなく、まさに観衆であったのだよ」

「そのパフォーマンスと、《ヴァニッシング・サン》の本質は同じだというのね？」

「《ヴァニッシング・サン》は、観る者がパフォーマーに近づくことで、日の丸が消滅する演出が見事だ。君は猥褻だと言ったが、まさに《ヴァニッシング・サン》は群衆の猥褻さを炙りだしていると言えるんじゃないだろうか」

「たしかにそれは言えるかも」

鑑賞者が一歩前に踏み出さなければ、そもそも照明が暗くなったりもしない。つまり、鑑賞者がヌードに見入って一歩前に出たことが仕掛けと連動している。日の丸消滅という不遜な現象は、群衆の猥褻さによって成立しているという皮肉が効いているのか。

「斬新を超越すると、人にはそれが芸術として認識しづらくなり、つい眉間《みけん》に皺を寄せて否定してしまいたくなる。〈芸術の不発〉状態だ。でも、不発に終わったら芸術ではないのか、というとそんなことはない。この時代を終えた次の時代では、立派に芸術と振り返られる可能性だってある。そういうものを集めてみようというのが今回の企画の意図だった。《ヴァニッシング・サン》はその好例となると、僕は考えていた。そして——その作者が、水守香奈枝なんだ」

「……え？」

あまりに驚いて声が出なくなった。黒猫は、勿体《もったい》ぶるように少しの間をとってから言った。

「そういうわけで、パフォーマンス・アーティスト、水守香奈枝のボディガードを頼めないだろうか」

4

「どうしてボディガードが必要なの？」

「彼女があんなふうにネットで激しいバッシングを受けるようになることを、僕は展覧会の開催前から心配していたんだ。とても挑発的なパフォーマンスだからね。今、大学事務局はたいへんだよ。彼女に関するクレームが五分とあけずに来つづけているんだ。実際、なかには脅迫じみたものもいくつかあった。事務局長からはいっそ退学にできませんか、なんて言われてしまったくらいだ。今回の中止要請報道で、すでにネットではそのいちばんの原因があのアートだと決めつけている向きもある。いまの時代はみんな誰かを攻撃したくてたまらない。どこでもいい。とにかく攻撃するための正当な理由を見つけて、みんなで一斉に石を投げたいんだな。そんな攻撃しても構わないターゲットに、彼女はもってこいだったわけだ」

「パフォーマンスを非難するのと彼女自身を退学処分にしてほしがるというのは全然話が違うことなのに。作品の話がいつの間にか人の話にすり替わってしまってるのね」

「そうなんだ。そして、事態はさらにエスカレートして、次のような脅迫状が届いた。読むよ……〈ひと目でわかるみにくい害虫はヴァニッシュするのみ。GWの間に実行に移す〉」

「え……！　犯行予告じゃない！　GWってもう始まってるよね？　警察に連絡するべきなんじゃないの？」

「警察には大学からすでに連絡を入れている。だが、このような手紙が届いただけでは、脅迫としての決め手に欠けるらしい」

「そんな……どう聞いても脅迫なのに」

「だが、警察のロジックとしては、殺すとか危害を加えるという文言がない以上、脅迫罪を適用することはできないんだよ。そもそも、この手紙が水守香奈枝を脅すものだとは断定できない。たしかにヴァニッシュという言葉を用いているあたりは、《ヴァニッシング・サン》を意識した発言とわかるが、警察は類推では動けない」

「決め手に欠けるって……」

「仕方がないさ。決め手に欠けるのに動ける警察であっては困る。疑わしきは罰せずという大原則が崩れるからね。そんなわけで――」

「私が預かる、と。いやぁ……うん、ほかにいない、か……」

旧知の仲でもあり、親御さんに世話を頼まれた義理もある。断ることはできそうにない。

「戸影クンがボディガード役を買って出ようとしてくれたが、こういうのは同性のほうがいい。君ならば適役だと思ったんだ」

「むう……わかった。やってみる」

そう答えるしかない。戸影のさっきの電話が思い出された。なるほど、それで部屋がきれいかと聞いていたのか。こういう用件なら事前に教えてくれればいいのに。どういう遠慮の仕方をしているのやら。

「一緒に家にいればいいのね？」

「そう。それだけでいい。よろしく頼むよ」

通話を終えると、しぜんと溜息が出てしまった。水守香奈枝は決して得意な相手ではないのだ。今まで何度かお説教めいたことをしてみたことはあったが、いずれも暖簾《のれん》に腕押しといった感じだった。要するに対話が成立しない。

自室に戻ると、彼女はまるで自分の部屋のように足を伸ばして寛ぎながらマニキュアを塗っている。わずかに、ツンとする匂いが漂っている。

「あ、長電話オツです、黒猫センセからですか？」

「……関係ないでしょ」

「こわっ……」

香奈枝はこちらを小馬鹿にするような半笑いで言いながら、なおも爪を塗り続ける。自室に上げたため、結果的に狭い部屋で対面することになって、これはこれで間が持たない。

ふと、香奈枝が黒いクッションの上にぺたんと座り込んでいることに気づいた。なんてことだ。

「それ座布団じゃなくてクッションだから座らないで」

「え、でもお尻痛いですよ」

「ベッドに腰かけてちょうだい」

一応、ベッドは朝起きてすぐに整えるようにしているから、掛け布団も皺のない状態になっている。

「私は人のベッドに腰かけるほどデリカシーなくないですから」

「クッションに座ってる時点でデリカシーないよ。早くベッドに」

はーい、と口を尖らせながら彼女はベッドに腰を下ろした。

「珈琲？　紅茶？　どっちがいい？」

「珈琲。濃いめでお願いしまーす」

このへんの味覚の趣味は一致しているようだ。まあそれ自体は手間が省けるし、いいことなんだけれど。水守香奈枝はこちらが台所に向かうと、鏡台に立ちメイクの具合を確かめ始めた。改めて見ると、まるでアメコミの中から出てきたみたいに派手な服装だ。

ところどころ破けたショートパンツに身体にフィットした髑髏《どくろ》マークのカットソー。赤い髪。ピンクの口紅。一歩間違えば道化と言えるくらいに塗られたメイク。つけ睫毛《まつげ》。その全体から漲《みなぎ》るばかりの若さに、拒否感に近いものを抱いてしまいそうだ。

いけないなあ、と思う。たしかに強烈な毒気にも似た激しさを彼女は持っているのだが、それを毛嫌いしていても始まらない。そんなつまらない大人になるために研究を続けているわけでもない。

そうか、《ヴァニッシング・サン》に対する自分の見解は、奇抜な若者を見るときの拒否反応にひどく似ている。知らず知らずのうちに保守的になってしまっているとしたら、こんなつまらないことはない。いい機会だし、彼女の作品へのスタンスなんかも直接聞いてみよう。

珈琲を淹れて、クッキーを用意した。

「わーい、ありがとうございまーす」

「いえいえ」

こちらは仕事用の椅子に座り、真ん中にあるやや背の低いテーブルに置いたクッキーに手を伸ばす。香奈枝もお腹が空《す》いていたのか両手にクッキーを一枚ずつ持ち、あむ、あむ、と食べ始める。

「たいへんなことになっちゃったわね。でもあなたにとってはこの炎上は狙い通り？」

「狙い？　そんなもの私は考えませんよ」

香奈枝はムッとしたような顔つきになる。

「私にわかってるのは、国のかたちも人次第ということです。この国がどういう歴史で今のようになり、なぜまた今少しずつ不穏な時代の空気に戻りつつあるのか。その答えは群衆が知っています。軍国主義の下でも、民主主義の下でも、皆と同じ合言葉を唱えたくて群れをなす人々が――そういう卑しい群衆が、国のかたちを変えてしまうんです」

それまでのふわふわした雰囲気が一変、自説を語る目つきには真剣を抜く侍のような鋭さがあった。

卑しい群衆――。

その言葉が、頭の片隅に引っかかる。

黒猫の言葉と重なったせいだ。ポオの「群衆の人」を読み解くうえで、猥褻がキーワードとなり得る、と黒猫は説いた。その理由の一端が、話を聞いているうちに読み解けたような気がした。

結局、その晩は香奈枝をベッドで寝かせて、自分は床に布団を敷いて寝ることにした。風呂に入るように勧めたが、今日は大して動いてないからと断られた。母は香奈枝の姿を見ても、大学に入っても慕って来てくれてありがとう、なんて言うばかりでそれ以外にとくに疑いの目は向けなかった。

久々にうまく寝付けない夜となった。ベッドに入るやいなや香奈枝が豪快ないびきを立て始めたせいもあるが、単に他人が近くにいることに慣れていない、というのもあった。

そう考えてふと気づくこと——小学校のある時期から、母のそばで寝ても子どもの頃のようには安眠できない体質になった。一人の自我というものをもってしまったせいだろう。それが、黒猫といる時はのびのびとしている。そうか、黒猫のことは、他人だと思っていないのだ。それがいつ頃始まったのか、よくわからない。出会った頃からそのままのような気もするし、つい最近のような気もする。境界線があやふやなままずっとここに至った。

目を閉じた。ようやく眠れそうになった頃、雀の声が青い光とともに届けられた。

5

いつもより三時間ほど早くに目覚めると、すでに母が何やら身支度で忙しそうにしている。どうやら朝から遠方に出張に行くらしい。大きめのおにぎりを作って持たせてやることにした。

母は支度で頭がいっぱいになると食事を抜くクセがあるので、こちらのほうが気を使ってしまう。ありがとね、と元気よくおにぎりを頬張って部屋を出て行く母を見送りながら、いまだに少女っぽいところのある人だなあ、などと微笑ましく思った。

それから、背後を振り返って溜息が出た。今日はいよいよ水守香奈枝と一日中二人で過ごさねばならないのだ。

朝食の支度を済ませてから、香奈枝を叩き起こした。大きい娘を持ったみたいな気分だ。起こしても全然反応がないので、結局ベッドから引きずり下ろすだけで三十分ほど経過してしまった。

寝ぼけ眼《まなこ》で食卓についた香奈枝は被害者面で不味《まず》そうにみそ汁を啜《すす》っている。共通の話題があるわけでもないので、自然と昨日の話の続きを始めることになった。

「昨日の話なんだけど、つまり、あなたの作品は、鑑賞者の反応を想定していたわけではなくて、国のかたちは群衆次第ということがパフォーマンスの中に体現されていた、ということね？」

彼女は静かに頷き、沢庵《たくあん》をつまみ、こりこりと音を立てつつお茶で流し込んだ。

「私へのバッシングもそうですけど、ホント、世の中って石を投げる的《まと》さえあればいいんだなって、辟易《へきえき》しますよ。私の友人なんて、目のすぐ下に深い傷があるだけで、不審者を見るような目で見られるらしいです」

「え、それひどい」

そんなことはあってはならないのに。けれど、香奈枝はそのへんの石ころの話でもするように力まぬ調子で続ける。

「彼、あんまり大学の講義も受けずに自宅でできる仕事をしてるんですけど、顔の傷のせいもあって近所の人に勝手に社会不適応者だと思われているみたいで、だから一日中家にいるんだろうって。一度なんかは警官がパトロールにやってきたんですって。無職の不審者がうろついているって通報があったらしくて。ただ単に朝のゴミ出しに外へ出ただけなんですよ？」

「信じられない……」

本当にこの国の話なのだろうか、と耳を疑ってしまう。

「私の展示も、見に来るって楽しみにしてたんですけど、そんなことばかりあるから、人の多い空間に行くのが怖いって言って……」

「そうだったの……」

それからふと、こちらに水を向けた。

「あ、そーいえばぁ」また急に口調が軽くなる。若者スイッチが入ったのか。「黒猫先生と歩いている姿をよくお見掛けするんですが、お二人は付き合ってるんですかぁ？」

口調から警戒はしていたが、やはりそういう話をもってきたか。

「私と彼は同期で、職場も一緒ってだけよ」

「ふうん？」

あまりこういう話を、関係ない人間にあれこれするのは好ましくない。話題を逸らそう。

「その目の下に傷があるというご友人、彼氏だったりするの？」

こういうときは素直に反撃したほうがいい。その彼の話題が出たあとに黒猫と自分の関係を疑ってきたということは、彼女と彼の関係に恋愛めいたものがあったのだろう、と類推したのだが、反応を見るに、どうやら図星だったようだ。

「な、何を馬鹿なことを言ってるんですか！」

香奈枝は大慌てでクッキーを頬張り出すが、赤くなった頬は取り返しがつかない。恋愛に対しては外見とちがって意外と奥手なのだろう。まだ交際にまで至っていないのに違いない。それで、彼女はいまや会えなくなってしまった彼のことを考えて心配しているわけだ。

「まあでも、今は自分の身を心配しないとね」

　すると彼女は乾いた笑い声を立てた。

「ネットを見ると、笑っちゃいますよ。私を殺してやるみたいな勢いで息巻いている人、百人どころの話じゃないんですから。こんなにたくさんの人に憎まれてると、いっそ愛されてるのかと誤解しちゃいますよねー」

　何を暢気なことを言ってるんだか。しかしまともに叱る気にもなれずに黙っていると、不意に香奈枝の手が震えていることに気づいた。

「昨日先輩の家へ来る途中も……誰かにずっと見られてたんです」

　彼女は笑おうとしたのだろうが、うまくいかずに泣き出した。慌てて肩をさすり、「ここにいれば大丈夫だから」と慰めた。ふと、歳の離れた妹がいたらこんな感じなのかな、と思った。

　窓越しに視線を感じたのは、その時だった。香奈枝に気づかれないように、そっと首だけで窓のほうを振り向いたが、そこにはいつもの風景があるだけだ。

　気のせいだろうか。何か、黄色いものが見えたような……。

　神経が過敏になっているのかも知れない。

　レースのカーテンで、霧をかけるようにほんのりと外界を遮断した。

6

日中はだらだらと昔話に花を咲かせたり、それぞれ本や雑誌を読んだりしているうちに過ぎていった。しかし午後の三時に差しかかり、いよいよやることがなくなると、水守香奈枝は眠ってしまった。それを機にこちらは論文の続きにようやく戻ることができた。執筆に集中していたら、いつの間にか六時になろうとしていた。冷蔵庫の中を確かめたところ、豆腐と細ねぎしかなかったので、夕飯の支度のためにスーパーへ出かけた。水守香奈枝は眠ったままだった。

とりあえずカーテンを閉め、買い物に出てくる旨のメモを残して鍵をかけて外に出た。どうしても、長芋が食べたかった。あと納豆とオクラも。もともと料理を決めてから食材を選ぶタイプではない。何気なく食材を見ているうちに、あれを食べたいとかこういう味付けがしたいという想像力が湧くのだが、今日はどうやら身体がスタミナを求めているらしい。

そういえば彼女がアレルギー体質なのかどうか聞き忘れたな、と思った。あれこれ考えて、一応、無難な食材も買っておいた。

ところが、帰宅してみると、様子がおかしい。まず鍵をかけたはずが、開いている。母が予定を変更して帰って来たのか、とも思ったが、それにしては室内が静かだ。おそるおそる中に入り、自室に戻った。

閉めていったはずのカーテンが、開いていた。

そして――水守香奈枝が、消えていることを知った。

滞在時間にしておよそ一日あまり。それだけの滞在期間で、彼女がどこへ行きそうなのか、その行動様式を測ることは、およそ難しかった。

すぐにベランダから顔を出して外を確かめる。気になったのは、朝食の時に窓の向こうから一瞬だが視線を感じたことだ。もしあれが彼女のアートに恨みを持つ者だったとしたら……。

この集合住宅から二十メートル離れた先に、改装中の古びたビルがある。現在は工事のある日以外は誰も立ち入れないようになっているはず。もしさっき視線を感じたのが本当なら、あそこに誰かいたことになる。今はもう誰もいないようだが……。

わざわざ改装中の無人ビルに入り込み、こちらを見ていた？

その人物は、水守香奈枝がここへやってくるまで尾行していたのかも知れない。

ベランダに出て、階下の通りを見渡してみる。今のところ視界に入る範囲には、怪しい人影はない。

と――遥か彼方、駅のほうに向かって歩く赤いロングヘアが見えた。水守香奈枝だ。連れ去られたわけではないとわかってホッとしたのが半分。でも、自分の任務はボディガードだと思い出したら安心している場合ではなかった。急いで支度をして飛び出しながら、黒猫に電話をかける。

「どうしよう、買い物に出た隙に逃げられちゃった……。駅へ向かってるみたいだから、今追いかけてる。心当たりはない？」

「心当たりか……。彼女は心底脅迫に怯えていたはず。それでも外出したとなれば、よほどの事情があったんだろう。何か室内に彼女の行動を示すような変化はなかったかな？」

「行動を示すような変化……」

「些細なことかもしれない」

「ちょっと考えてみる。とにかく彼女を追ってみるね」

慌ただしく電話を切った。

さっき買い物から戻った時の部屋の様子を思い出す。鍵が開いていたのは、香奈枝が出て行ったからだろう。だが、閉めていったカーテンが開いていたのはどういうわけ？

やはり窓の外に尾行者がいるかどうかが気になったのか。やって来る途中でも視線を感じたと話していた。そして、その不安が的中して、尾行者が外にいることに気づく……。でも、それで外に出たのはなぜ？　もし外に尾行者がいたら、怖くて外に出られないはず……いや、違うのか。

尾行者はあの改装中の建物の中にいた。こっそり部屋を出れば、尾行者はそのことに気づかないかも知れない。

そこでぞっとした。自分はあの後、ベランダへ出て彼女を探し、それから急いで追いかけた。あの時、こちらの一連の動きを尾行者が見ていれば、水守香奈枝が部屋から消え、自分が追いかけようとしているのだと理解できただろう。

自分と同じように視線を走らせれば、彼女が駅へ向かおうとしていることもわかる。追跡者が男なら、自分より足が速く彼女に追いつけるかもしれない。

どうしよう……。歩く速度を速めながら、心臓に落ち着けと言い聞かせる。まずは彼女に追いつくこと。それが先決。

所無《ところなし》駅周辺に来た時、まさに香奈枝が駅前を通り過ぎて、プラム通りの繁華街へと突き進んでいくのが見えた。電車に乗るのではなく、所無の繁華街へ？　つまり彼女は帰宅するつもりで動いているのではなくて、どこへ向かおうとしているの？

慌てて彼女と一定の距離を保ちながら、しかし離れ過ぎないように追いかける。彼女はその立ち姿だけでも完全な異物に見える。群衆の中にあって、彼女ほど目立つ存在はいない。みんなが彼女をちらちらと振り返る。

誰しもが彼女を「見る」という行為については無意識的に行なっているように見える。だが、彼らが見ているのはうわべであって彼女の本質ではない。

まるで「群衆の人」に登場する老人のように、人々はただいびつな存在に無意識に注目している。群衆は結局何一つ見ることはできず、「見られる」ことができるだけなのだ。

猥褻──現在はみだら、いやらしいこと、性行為や性的倒錯、またはその行為の帰結を示す。けれど、その語源はどうだったのか。黒猫は、語源に立ち返れと言った。語源的な意味から何かが見えてくるということだろうか。

「群衆の人」を読んでいるときには、「見る／見られる」ということが何を意味するのか、いま一つ実感できなかった。再読でもなお。けれど、いま水守香奈枝に無遠慮な視線を投げかける群衆を見ていると、ポオが何を思ってあの短篇を書いたのかがわかるような気がした。

香奈枝は、プラム通りを進んだ先のスクランブル交差点に差し掛かった。交差点の雑踏は、人々の向かうべき方角もばらばらで、動くも止まるも定まらぬ人々による「何となく」が形成されている。

客引き、仕事帰りの会社員、デート中の男女、家族連れ、ただ何となくやることもなくたむろする若者、あらゆるベクトルの集合体として群衆が生まれる。

たとえば、無目的に団子屋の片隅に腰を下ろす中年男性は、ただこの群衆の一部となることに安堵すら抱いているかに見える。「群衆の人」の老人と同じ。そして、誰もが通り過ぎる水守香奈枝を必ず見る。誰もそんな自分たちのほうこそが見られているなどとは思いもせずに――。

やがて、クラブハウス〈ＨＯＳ〉が見えてきた。クラブハウスなんて入るのは初めてだ。ずっと危険な場所だと、何となく思って避けてきた。けれど今は、そこがどんな危険な場所であっても、自分には彼女を守るという使命がある。

彼女の後を追いかけて未知の迷宮に足を踏み入れた。

7

館内は蝙蝠《こうもり》の暮らす洞窟を思わせた。あえて似せたのか、用途を考えた結果、似てしまったのか。そのなかで踊り狂う人々を見ていると、太古の人類が、洞窟に壁画を残していた時代のことが思い浮かんだ。あの頃、夜な夜な洞窟のなかで、やはり人類はこんなふうに踊り狂っていたのかも知れない。

この空間には人が集まり音楽を頼りに踊るという目的がある。飛び交う紫がかった仄暗い光線によって、この空間の意味が、くっきりと刻印されてみえる。

色彩が、耳がおかしくなりそうなほどの爆音が、そして、踊り狂う人々が——限なく意味を付与する。

人々もまた、〈クラブハウス〉の内容なのだ。ここにいる自分も含めて、人の動きそれ自体もまた、世界の一部となっている。ビートに本当のメロディを這わせるのは、音楽ではなく踊りの仕事。そうやってこの空間全体でようやく音楽が完成する。

流れているのは、奇遇にも昨日、自分が聴いていたブラック・アントの楽曲だった。もっとも、いまはどこへ行っても流れている。偶然の数にも入らないだろう。合成された人工女性ボーカルの声が、バッカス神のごとく人々を酔わせ、恍惚とさせている。自分一人が、その部外者のようだった。

入場してすぐのところで人ごみを眺めていると、腕や首にタトゥーのある三人組の男たちに声をかけられた。あまりの爆音のため、口の動きで何を言っているのか察するしかなかった。おねえさんこのあとひま？　おどろうよ、いいのあるよ。曖昧な笑みで誤魔化して逃げる。

またすぐにべつの男性が寄ってくる。初めて来たけれど、ここはそういう場所なのか。参ったな……なんで彼女もこんな空間に逃げ込んだのやら。

どの誘いも頭を下げて断りながら進んでいく。いっそ鉄仮面でもつけてくればよかった、という気がしないでもない。せめて黒猫が一緒だったらな、とそんなことを考えつつも、目は必死で水守香奈枝を追っていた。

彼女は誰とも話さずに、人混みを泳ぐようにどんどん店の奥へ行ってしまう。彼女の赤いロングヘアを今にも見失いそうで、できるだけ近くへ行きたかった。けれど、だからと言って探しに入ると行き違いになってとり逃がす可能性がある。

慎重に人の群れを掻き分けて進む。人々は両手を上げ、まるで光でも求めるようにして天井を見上げている。その理由は、ステージのスクリーンにあった。

大きめのサングラスと黒いマスクをした男の映像がそこに映し出されていた。彼はここではないどこか狭い空間にいるようだ。

歓声が湧き起こる。男の登場に、誰もが熱狂しているのだ。予想外の登場なのか。明らかに突発的な僥倖《ぎょうこう》を喜んでいる気配だ。

やがてどこからともなく館内にMCの声が流れる。

〈Hey、ブラザー&シスター、今日は、あの伝説の男、ブラック・アントが自宅から中継でみんなの前に降臨してくれたZ！〉

ブラック・アント——この男がそうだったのか。記号的に捉えていたから、そもそも男か女かも知らなかった。目も鼻も口も隠されたその男は、カメラに向かって手を振ると、手元のキーボードをいじりだした。すると、音の変化が起こる。遠隔操作で、彼の自宅とこの空間が結ばれているようだ。

照明もブラック・アントの演奏に合わせて変化していく。そして、自然な流れで最近のヒットソング『泥と棒』が流れた。泥まみれの群衆。棒を手にその群れを粛清《しゅくせい》する男。恋人の行方を尋ねても、泥まみれの群衆も、棒を手にした男も、どちらも〈知らない〉と答える。盗んだのはどっちなのか。泥か、棒か。奇妙な歌詞の世界が、光の中で繰り広げられる。

二番に差し掛かる。歌詞は続く。

——君と海の底へ行けたなら。泥にも汚されず、棒にも潰されず——

すると、クラブハウスの中央に、水色のライトが当たる。よく見れば、そこに円筒型の水槽が見える。その水槽の中には、イルカやペンギンに混じって背中が島になったウミガメや双頭のドラゴン、蛍光色に煌めく人魚のような幻獣たちもいる。すべてCGだろうか。

いずれにせよ、それらのまばゆい空想上の深海イメージは歌の世界を体現していた。

幻獣たちが、細い円筒型の水槽を上ったり下ったりを繰り返す。さながらメロディラインの音の上げ下げをなぞるようだ。

ぜんぶで二分程度のそのパフォーマンスに会場の客たちは夢中になった。音楽によるトランス感と幻獣たちの妖艶な舞いが、会場の恍惚感を上の次元へと押し進めたのだった。

かくいう自分も、その様子に見惚れてしばし目的を忘れ去っていたくらいだった。

すぐに目的を思い出して水守香奈枝を探し始める。一度強い光を浴びたせいか、目が暗闇の中の顔をなかなか識別できない。仕方なく入口付近に戻る。いちばん恐れなければならないのは、知らぬ間に彼女が外に出てしまい、見失うことなのだ。

だが——どこにも姿が見えない。スクリーンにブラック・アントが登場するまでは彼女の行方を追いかけることができていたのに。

電話が鳴った。黒猫からだ。こんな時に？　とりあえず周囲に注意を向けつつ通話ボタンを押した。

「どう？　水守香奈枝は見つかった？　その人ごみじゃ無理かな」

「どうして私がいる場所を知っているの？」

「それは後で話そう。それより、君はなぜ彼女が逃げたのか、その理由がわかっているんじゃないのか？」

「……ええ、たぶん。わかってると思うけど」

「やっぱりね。僕も君とたぶん同じことを考えている。というか、そうでなければこんなことにはなっていない。とにかく、もう彼女を追う必要はないよ。すべて勘違いだ」

「どういうこと？　そんなこと言われても……」

通話はすでに切れていた。黒猫も何か焦っていたようだった。どういうことだろう？　なぜ黒猫は自分がどこにいるかわかっていたのか。そして、なぜもう追わなくていいのだろう？

すべては勘違い？　どういう意味なの？

「ノッてくれたかな？」

ブラック・アントがマスク越しに語る。群衆が歓声で答える。

ブラック・アントは微かに咳払いをした後で、指を一本立てた。

「ここで重大発表だ。この中に害虫を撒いた」

その言葉が、想像を超えた破壊力をもつことを、この瞬間は気づいていなかった。直後に上がったそこかしこの悲鳴とともに、群衆がたった一つの出口めがけて走り出したとき、現代の洞窟は、人間のプリミティブな獣性を露わにしたのだった。

8

人々は我先に我先にと争い、もみくちゃになりながら出口へ向けて進んでいた。こちらはすでに押し流されて外に出ており、出入口の際《きわ》に立ち、人々の滝を呆然と眺めていた。

必死の形相で逃げ惑う人々からは、文化の気配は遠のいていた。

誰もが、もはや音楽と光の魔力から解放されていた。照明が落ちた単なる洞窟のなかで逃げ惑う人々は、さながらかつての古代文明の民。そのいずれも、水守香奈枝ではなかった。

最後に出てきたのは、小太りの中年男性。後には誰もいない。

つまり――水守香奈枝は衆人環視のなか、姿を消したことになる。

どうやって逃げたの？　見たところ出入口はここ一つだけ。

先に出たはずはない。そもそも、何だったのだろう、この弾け飛ぶ泡のような事件は。

ブラック・アントはなぜあんなことを？
●水守香奈枝はいかにして出入口の一つしかないクラブハウスから姿を消したのか。
●ブラック・アントの言ったことは本当なのか。
●追跡者は今どこにいるのか。
考えなければならないことが多い時は、頭のなかで箇条書きにする癖がついている。あたりを見回す。現場に残っている者はいないか。こちらの様子を窺っている怪しい人影は……。

その時——電柱からシャツの袖がちらと見えているのに気づいた。その人物は金髪に白いマスクにサングラスをかけており、こちらが見たのに気づくと、慌てて電柱の陰に引っ込んだのだった。

固唾《かたず》をのみ、覚悟を決め、その男に近づいていった。

「あなたね、さっきから水守香奈枝を……え？」

その男が堂々とおちゃらけたポーズをとったことに毒気を抜かれ、次の台詞を失ってしまった。

「まいりましたね。バレちゃってました？」

金髪男は鬘《かつら》をあっさりと外した。そこには、後輩君のいつものキュートな寝ぐせヘアがあった。

「なんで戸影クンがここに？」

「いやはや……まあこれにはいろいろと事情が……」

これは何だか、本当にいろいろと事情がありそうだ。

9

「説明してちょうだい。一体どういうわけなの？」

近くのファストフード店に入って、早速問い詰めた。少しばかり怒っていたのはたしかだ。なんだか自分だけが何かを隠されているようで面白くない。

「そんなおっかない顔しないでくださいよ先輩……かわいいです」

「よけいなことは言わなくてよろしい」

「ぼ、僕は、ただ黒猫先生に頼まれてたんですよ。いわゆる、護衛ってやつですね」

「護衛って、誰の？　水守香奈枝の？」

「ち、違います……ええと、護衛する先輩の、護衛……ですよ」

えへへとなぜか照れたように笑う。

「ええとですね、まず、はじめに研究棟に事務局の細田《ほそだ》さんがやってきまして、その時僕と黒猫先生がちょうどそこにいたんです。で、脅迫状の話を聞きまして、これはどうやら水守香奈枝が狙われているようだって話になりまして。最初は僕がボディガードやりますって言ったんですけど、家に匿《かくま》うとなれば同性がいいだろうって黒猫先生が言い出しまして、香奈枝ちゃんに聞いてみたら先輩と小学校が同じだったって言うので、じゃあ先輩が適役だ、と」

「うん、そこまではだいたいわかる。それで？」

「ただ、いくら先輩の家に移しても、複数人で襲い掛かられでもしたらたいへんなことだって黒猫先生が言いまして」

「それで警護している私を、戸影クンに警護させよう、と」

それでも何となく腑に落ちない。

「なんで黒猫が自分で警護しないのよ？」

「何か、黒猫先生はべつで思い当たることがあるとかで、別行動を開始しちゃいまして。それについては詳しく教えてくれなかったんですけど」

黒猫はどんな行動をとったのだろう？

「とにかく、あなたは私の警護をした、と。それはありがたいけど、私はそれでも戸影クンに怒っている。なぜかわかる？」

「……なぜでしょう？」

「あなた、向かいの改装中のビルに入って私の部屋を監視していたでしょ？」

「あ、バレました？　おかしいな、うまくやってたつもりなんだけど……」

「やっぱり……その金髪が目立つんだよきっと」

どうりで視界に黄色いものが、と思っていたら、こういうことだったのだ。

「あなたのせいで大変な騒動になってたのよ。ついさっきまで、水守香奈枝が私の家から脱走したのは尾行者の姿が見えたからだと思ってたの。でも今ははっきりした。彼女は眠りから覚めて窓から覗いたときに、あなたの姿を発見したのよ。そしてあなたを尾行者だと誤解した」

「え！　そ、そんな……僕はただ護衛を……」

「そのことを香奈枝さんは知らないでしょ？」

ううああと戸影が頭を抱えだした。やれやれ。

「君はそういう脇の甘いところが研究でも見られるから気を付けたほうがいいよ、ほんとにまったく」

茶番だ。すべては茶番だったのだ。はじめから尾行者なんかいなかった。それなのに、自分も、香奈枝も、脅迫状の主が尾行しているのだと思い込んで行動してしまった。

「でも——どうして水守香奈枝はあのクラブハウスを選んだんでしょうね？　そして、どこへ消えたんですかね？　僕も出入口で見張ってたんですけど、彼女らしい人間はどこにも……」

そう、それだ。相変わらずその部分は謎のままなのだ。ふむ、と唸りながら、コーラを飲み干した。黒猫からの電話が鳴ったのは、そのタイミングだった。

10

「いま、タクシーでそっちに向かってる」黒猫の声は、たしかに車内にいる人間のそれだった。「そのまま君を拾って僕の家に向かいがてら、話をするっていうのはどう？」

悪くない提案だった。しょうじき今日は疲れ果てた。これ以上、戸影と話す元気もない。

「ううむ……じゃあ、そうしてもらおうかしら」

簡単に機嫌を直してしまった自分が少し嫌にもなった。

黒猫が現在地を尋ねたのでファストフード店の名前を告げると、ほぼ十秒後に店の前にタクシーが止まり、黒いスーツの主が後部座席から手招きをするのが窓から見えた。

「じゃ、そういうことで、バイバイ、戸影クン」

「え、そんな、僕がんばって警護したのに！」

手を振って店を出ると、タクシーに乗り込んだ。

「お迎えに上がりました。姫」

こちらを見て黒猫が微笑みかける。いつもよりわずかに温かみのある表情だった。

「遅い」

「君にはすっかり迷惑をかけたね。すべて話せればよかったが、いろいろ僕自身にもわかっていないことが多かったんだ。でも、今はもうすべて話せる。何もかも解決したから」

黒猫は運転手に行先を告げた。目指すは、S公園駅。

「種明かしをしよう。君が頭を悩ませているのは、水守香奈枝がなぜあんなクラブハウスに入ったのか。そしてなぜ消えたのか。そうだね？　一応、クラブハウス内の詳しい状況を教えてくれるかい？」

「ええ、もちろん」

できるだけ詳細に、クラブハウスに入ってから起こった出来事を語る。ブラック・アントの登場と、華麗なイリュージョン、そしてその後の突然の爆弾発言。

「君はブラック・アントの登場をどう思った？　水守香奈枝の突発的行動に対し、ブラック・アントがあの店に降臨したのも突発的だった。昨今、ブラック・アントがゲスト出演するとなれば、どんなクラブハウスだって大喜びだろう。当日に声をかけられたってスケジュールを空けるはずだ」

「……つまり、黒猫は、ブラック・アントの登場と水守香奈枝が逃亡先にあのクラブハウスを選んだことは偶然じゃなかったと考えているのね？」

「偶然に見えることが二つ以上重なった時は、そこに何らかの必然を疑ったほうがいい。むしろ、こう考えてみたほうがしっくりくる。水守香奈枝がクラブハウスに逃げたのは、今日ブラック・アントがゲスト出演することを事前に知っていたからだって」

「突然のキャスティングなのに、事前に知るなんてできるの？」

タクシーが止まった。目の前に、赤い月がひとつ。

両サイドに青い月が二つ。

「できるだろうね。もともとの知り合いなら。とりわけ、ブラック・アントが、彼女のためにそこでライブをやろうと考えたのならね」

「ブラック・アントが……？」

いまやSNSで全世界から脚光を浴びる時代の寵児であるブラック・アントが、パフォーマンス・アーティストではあるけれどまだほんの駆け出しにすぎない水守香奈枝と旧知の仲だったのか。

「あまり人前に出るのが得意ではないのか、メディアに露出するときはサングラスとマスクをしていることが多く、その場合もキャラクター化された人工女性ボーカルのCGとの共演という形をとっている。そのため有名人だが、どこか謎めいた印象もあった。彼はその理由として、自分は群衆の中の一人、ただの蟻《あり》だからだと語っている。そして彼は実際に専業アーティストなわけではなく、日ごろは学生をしながら活動していた」

「ブラック・アントが学生だったなんてまったく知らなかったわ」

「僕もついさっき知ったんだよ」

「ついさっき？」

「じつはね、僕は君を護衛する戸影とはべつに、脅迫状の書き手を追うことにしたんだ。なかなか慎重なやつで、パソコンで打たれた文字からは表情が読み取れなかったんだが、どうも僕はあの文章がずっと気にかかっていた。〈ひと目でわかるみにくい害虫はヴァニッシュするのみ。GWの間に実行に移す〉。

大学事務局の人たちはヴァニッシュという言葉から《ヴァニッシング・サン》を連想し

たようだった。でも僕は〈ひと目でわかるみにくい害虫〉という表現が気になって仕方なかった。《ヴァニッシング・サン》はたしかに過激なパフォーマンスではあるが、なぜ〈ひと目でわかるみにくい害虫〉なのだろう？

単に〈害虫〉という抽象的な中傷ならまだわかるが、彼女の作品は〈猥褻〉と取られる可能性こそあれ、〈みにくい〉というのはちょっと種類が違う。そこでふと考えた。もしも水守香奈枝のことを指しているのではなく、ある学生の外見的なものを差別的に言っているのだとしたら？」

「あっ……」

黒猫が指をぴんと立てた。目の前の赤い月が青く変わり、車が動き出す。

「つまり、あの脅迫状は水守香奈枝宛てじゃない。大学にいる外見的に何らかの傷を負っている学生を指しているのではないか。僕はそれに気づいて、一人思い当たる男子学生がいることを思い出し、彼のもとへ向かった」

「それって、顔に傷のある……」

「そう、その子だ」

水守香奈枝が〈友人〉と呼んだ学生だ。

「そして、彼のマンションの付近で、怪しい青年を見つけて警察の到着を待つ間にあれこれ取り調べ、青年が二重の意味で〈害虫〉という言葉を使っていたことがわかった。一つはもちろん外見的な意味。もう一つは、人々を抑圧から解放する余計な力を与える〈害〉を振りまくアーティストとしての顔。この二つを憎んだ結果だったんだ」

「それじゃあ、その顔に傷のある学生って……」

「そう、ブラック・アントだったんだよ。青年は、プロモーションビデオに映ったマスクとサングラスをつけた彼の姿から正体を見抜いていた。嫌悪もまた大いなる関心の範疇《はんちゅう》というやつだね」

最近はネット発のアーティストが増えた。その分、大きな事務所に所属しなくても無名のところからこういう世界に発信できる存在が生まれてきたりもするとはわかっていたが、こうも身近にいたことに驚きを禁じ得なかった。

「え、待って。脅迫の謎は解けたけど、それでなぜブラック・アントは急遽《きゅうきょ》、わざわざクラブハウスのスクリーンに登場したの？」

「もちろん、彼女を救うためさ。恐らく、戸影の姿を見て勘違いした香奈枝さんはパニックになり、旧知の仲だったブラック・アントに電話で助けを求めた。そこで彼は人前に直接姿を晒すことなく香奈枝さんを助けるために動く決意をした」

思い出す。香奈枝が顔に傷のある男子学生と知り合いだということを話していた時、恋人なのかと尋ねたら顔を赤らめたこと。

意中の人物へのSOS。そしてその人物は彼女の想いに応えてくれたわけだ。

「それが、今日のスクリーン出演だったのね……でも、それが具体的にはどう助けることにつながるの？」

クラブハウスに映像出演するだけでは何の助けにもなりはしないのだ。ブラック・アント
「実際、彼女は君たちの監視をものともせず、消えることに成功した。

は見事に助けたわけだ」

「だから、どうやってそれが実現できたの？」

黒猫は微笑を浮かべてしばし沈黙していた。が、やがて、もったいをつけるようにして言った。

「君がさっきクラブハウスでの詳細を教えてくれたね。あの中に、重要な部分があったんだよ。ブラック・アントが演奏しているとき、ちょっとしたイリュージョンがあった。そうだろ？」

「イリュージョン……あ！」

円柱型の水槽のなかで、イルカやペンギンに混じって幻獣たちが泳いでいたCG。その中にいた蛍光色を帯びた人魚は、あまりにまばゆい光を放ちながら幻想的にたゆたってい

た。

「彼女を追いかけてクラブハウス内に入った君が彼女を見つけられなかったのは、彼女が水槽の中の人魚に化けてしまったからさ」

「あの人魚が——あれ、CGじゃないの？」

てっきりCGだとばかり思っていたのだが……。

「クラブハウスの中は、ブラックライトで照らされていたんじゃないかな。ブラックライトに反応するスプレーは、ふつうの灯りの下では何もしていないように見えるが、ブラックライトの下に立つと、その装飾が浮き彫りになるんだよ」

「彼女はいつの間にそんな装飾を……？」

「恐らく、君の家に向かう前に、彼女は脅迫者を恐れて先にブラック・アントに相談していたんだろう。そして、万一のときのために先に下半身にブラックライトに反応するスプレーで魚の鱗なんかを描いておいた。パフォーマンス・アーティストの彼女にとって、自身の体に装飾を施すのは得意中の得意だ。さらに彼女は夕方君が買い物に出かけた隙に全身に鱗以外のボディペインティングを施したんだろう」

「なるほど……あのライトの下では人魚に見えるけれど、ひとたび屋外に出れば、元通りってこと？　……でも、それならそれで入口で張っていたんだから気づけたと思うんだけ

うかい？」

「いいかい？　彼女は水槽の中を泳いだんだ。出てきたとき、彼女がその前と同じだと思

ど」

「……それって……メイクがとれた？」

「それだけじゃない。彼女の髪が赤かったのも発光性をもたせるためだったとしたら、タオルで拭けば簡単にとれる。なら、水槽から出てきた彼女は黒髪の女の子になる。タオルをターバンのように巻いてしまえば、濡れた髪も目立たない。濡れた服も着替えたはずだ」

あまりのことに言葉が出て来なかった。香奈枝が昨夜風呂に入らず寝たのは事前に施しておいたヘアスプレーやボディペインティングを取りたくなかったからだろう。自宅を出る時から尾行者を意識して髪を赤くしておいたのだ。自分がずっと探していた女性を、ずっと見ていながら、見逃していたなんて……。

「まるで『群衆の人』ね……」

この場合、何も見ていなかったのは、自分ということになる。

だが、黒猫は言った。

「そう、まさに『群衆の人』だよ。ブラック・アントはこの中に〈害虫〉を撒いたと言っ

た。その途端に、人々は本来の目的も失って逃げ惑う暴徒となった。知性もなければ、日頃積み重ねたはずの文化の蓄積もない、まさに卑猥な群衆そのものの原動力を、ブラック・アントは利用したんだね。でも彼は一切嘘はついていない。〈この中〉には、スクリーンにいる彼自身も含まれていたのだから」

何ということだ。彼はただ自分が〈害虫〉呼ばわりされた体験を話そうとしていただけなのだ。少なくとも、そういう言い訳が通じるくらいには、真実だけを話していたと言えるのだ。客たちが散ってしまってクラブハウスは迷惑だったかもしれないが、その経営上の補塡《ほてん》は、ブラック・アントなら問題なくできるのに違いない。

「……そういえば、黒猫は『群衆の人』を読み解くのに猥褻をキーワードにするといいって……」

「猥褻はラテン語では caenum といって、泥や汚物を意味する。現代のような性的なニュアンスよりも、文字通り穢《けが》れという意味がある。芸術がその内部に猥褻を取り込むとき、それはエロティックな目的ではなく、群衆の中にある穢れを露わにすることで、人間の生命領域を捉えるという狙いがある。だとすれば、ポオの『群衆の人』はまさにそういう意味で、〈猥褻〉さを炙りだす企みに満ちた作品だと言うことができるだろうね」

泥、穢れ……社会不適応者だと考えて石を投げるのも、クラブハウスに〈害虫〉がいると聞いて必死の形相で逃げ惑うのも、本質は同じ。そこには自分一人だけでも生き延びたいという卑俗で動物的な姿がある。それはたしかに、人間が人間であり続けるために、知っておかなければならない猥褻な一面なのだ。ブラック・アントはそんな群衆の側面を利用して、彼女を助け出した。

ただし、「助ける」の基となる「何から」の部分が欠落しているのが今回の事件の滑稽《こっけい》さでもある。それこそ、「群衆の人」的な事件なのか。ヴァルター・ベンヤミンは、あの作品に〈犯罪〉がなく〈追跡〉だけが残っているところから、〈探偵小説のレントゲン写真のようなところがある〉と書いている。

「私も結局、『群衆の人』の一人だったってことね……」

「ちがうよ」

黒猫は笑った。

「愛の力の前では、誰も真実を見抜くことなんかできないってだけだよ。実際、二人の連携は見事だった」

群衆の猥褻というテーマ自体、もとは水守香奈枝の作品に内包されていたことを考えると、今回の連携は、一種の芸術コミュニケーションとしても成立していたのだ。そして、もちろんすべてのコミュニケーションは愛なくしては有り得ない。

「そうね。ああでも悔しい。私にも気づくチャンスはあったのに」

最初に彼女が家にきたとき、顔に傷のある友人の話をした後で、不意にこちらに黒猫の話を向けてきた。あれが、真相に気づく唯一のチャンスだったのかも知れない。

「さっき美術館から連絡があってね、〈芸術の不発展〉の中止要請は見送られたそうだよ。館長も、外部からの理不尽な誹謗中傷に屈する必要はないという考えらしい。僕としても、ホッとした感じだね」

黒猫は目を閉じた。きっとここ数日、黒猫は自分には見せないだけで、とてつもないプレッシャーと闘っていたのに違いなかった。

「おめでとう……お疲れ様」

そう言ったこちらの手に、黒猫の手が、そっと重ねられた。

「君が、無事でよかった。まあ、もともとの危機がなかったんだけどね」

それから、顔を見合わせて笑った。ようやく暖かな空気が、心にふわりと流れ込んできた。結局、ずっと黒猫は危機などなくても、自分を遠くから見守り続けていた。この疲れた表情は、そのせい？

もう先日のそっけない対応についてはどうでも良くなってきていた。きっと自分の取り越し苦労だ。感情というものは、群衆のように脆《もろ》い。だからこそ自分自身の気持ちを確かめ、相手の位置を確かめる。黒猫が以前、「言葉で確かめる」と言ったのは、相手の機嫌を毎日とったり、愛の言葉を囁《ささや》いたりすることではないのだ。もっと深くて、もっと大切なこと。

タクシーがS公園の横をゆっくり通り過ぎる。今日もあの池は静かに霧を紡《つむ》いでいる。ふと、何年も前の、青い月に気づいた夜のことを思い出した。

「ん？　なに笑ってんの？」

「なーんでもない」

手を、強く握り返した。そして思った。どんな群衆の海に呑まれても、この手を離すまい、と。

シュラカを探せ

■悪魔に首を賭けるな

Never Bet the Devil Your Head, 1841

今は亡き私の友人にトービー・ダミットという男がいた。生まれた環境が悪かったのか赤子の頃よりその魂は自堕落の兆候を見せていた。貧乏で、賭けるものが自分の首しかなく「悪魔にこの首を賭けてもいいが」というのが口癖であった。

そんなある晩、二人は散歩の道中に、とある川にかかった屋根のある橋を渡ることになった。薄暗い橋を進んでいくと、ダミットが中間地点にある木戸を、両足の裏を合わせながら飛び越えると言い出した。しかも、いつものあの口癖を添えて。

その時、私は気づく。木戸の脇に奇妙な出で立ちをした小柄な老人がいることに――。

オムニバス映画『世にも怪奇な物語』内でフェリーニ監督によって「悪魔の首飾り」のタイトルで映像化されている。

1

　自分のドッペルゲンガーに遭遇する、という奇怪な一件に巻き込まれてから一ヵ月ほどが経った。同時期に開始したK大学での講師の仕事にも少しずつ慣れ、新たな生活のリズムらしきものも徐々にできてきて、その分課題も明確になってきた頃合だ。

　週に一コマだけの講師だから、失敗しても改善できるのは翌週。それだけに緊張感もひとしおで、講義後はぐったりする。これを黒猫は毎日のように繰り返しているのかと思うと、そのエネルギーの差に愕然とさせられる。講師より自分のほうが知識も才能も上だと思って挑んでくる学生なんかもいるから、まったく気が抜けない。

　この日は前半うまく講義を進められたが、時間配分に失敗して用意していた分量が早くに終了してしまった。二次会のおしぼりみたいなよれよれ具合でどうにか講師控室に戻り、帰り支度をしていると、ゴシック芸術を専攻する教授の灰島浩平《はいじまこうへい》に声をかけられた。

「君、暇だろう。ちょっと付き合ってほしい場所がある」

日頃から毒をまき散らしすぎて向かうところ敵ばかりの灰島のことだから、付き合ってくれる相手はこの大学に自分くらいしかいなさそうではある。それに講師へと推薦してもらった恩義もなくはない。

「暇ではないですけど」と返しつつ、不承不承《ふしょうぶしょう》従うことに。本当は、母と美術館へ浮世絵コレクション展を観に行く約束をしていた。母は井上球《いのうえきゅう》という〈現代の写楽〉と呼ばれる浮世絵師を敬愛しており、子どもの頃からよく彼の美術展があるたびに連れ回されたものだった。まあ今回は仕方ない、断ろう。一言メッセージを入れると、すぐに〈残念、りょうかい〉と返信があった。

長くなりませんように。灰島は黒猫や唐草教授とはまた違ったひりひりとした緊張感を与えてくるタイプの研究者だ。講義で疲れた体にはただでさえ毒なのだ。

待ち合わせた校門へ向かうと、灰島はすでにタクシーに乗っており、開いたドアの奥でこちらを手招きした。

「遅いぞ。先週は講義を終えてから校門を出るまで二十分とはかからなかったはずだ」

「……その日のテンションというものがありまして」

「そんなものはない」

いや、あるんですよ、と思ったが、もう言い返さなかった。

「どこへ向かうんですか？」

「S区役所だ」

S区は都内でもわりと大きな区だ。もちろん、S区民ではない自分にとっては、S区役所は初めて行く場所だ。どうしてそんなところにこれから行かなくてはならないのだろう？

「どんな用事なんですか？」

「説明はあとで」

それきり灰島は黙ってしまった。

しばらくして、S区に入ったところの信号でタクシーが止まると、灰島は「まったく馬鹿げている」と吐き捨てるように呟いた。目は窓の外に向けられているが、では窓の外に馬鹿げたものの正体があるかというと、そうでもなさそうだ。

「なにがですか？」

「これを見たまえ」と言って、灰島は新聞の記事をこちらに見せた。

そこには、S区長の宇川裕理《うがわゆうり》が、どこかの壁に描かれた落書きの前に傘を差してしゃがみ込み、人間みたいに立ち、スマホを首に提げ眼鏡をかけた犬の絵と一緒に写真に写っている。その下にはこう記事が出ている。

シュラカ、東京S区に現る?

世界中を席巻する覆面アーティスト、シュラカがなんと一年ぶりに東京S区のスラム化した一画に現れたかも知れない。シュラカが得意とするステンシル技法による路上アートが、同エリアにある益宮《ますみや》橋に出現したのだ。この日、改装工事でリニューアルしたS駅の落成式に訪れていた宇川区長は、「公共施設への落書きは禁じられたものですが、アートですので、区としてもどう対処すべきか話し合いたい」と述べた。同日、区長はアートの前で並んで記念撮影をしている。

なるほど、シュラカが東京に現れたのか。たしか一年前もシュラカの作品が突如東京に現れ、人々が熱狂したのではなかったか。シュラカの動向はそれなりにチェックしていた。というのも、数年前に彼がロンドン塔にポオの『大鴉《おおがらす》』を思わせるステンシルアートを発表して話題になったことがあり、その時には《グラン・ムトン》にシュラカの作品考察などを寄稿したりもした。

「この記事がどうかしましたか？」

「公共の落書きは禁止なのに、アートならいいとは論理矛盾だ」

「……でも、シュラカは有名だし、区長がはしゃぐのも仕方ないんじゃないでしょうか？本物なら、ですけれど」

灰島はふっと鼻で笑う。

「落書きとは、公共のスペースに許諾なしに描かれたものを言う。たとえレオナルド・ダ・ヴィンチによるものだろうと、公共のスペースに許可なく描けば落書きで、許可を得て描けばモニュメントだ。逆を言えば、許可さえとっていれば、アートじゃなくたって問題はない。つまり、アートと落書きという異質なものを同じ土俵に置いて語っている。あえてだとしたら、だいぶ〈政治的〉な発言だね」

たしかにアートなら落書きにならないというわけではない。落書きはどんなに芸術的でも落書きなのだ。芸術ならいいと区長が判断するのは、基準が何とも不鮮明になる。

「なるほど……この話は、私たちがS区役所へ向かっていることと関係があるのでしょうか？」

「さあね。私はただ呼び出されただけさ」

不機嫌そうに言って灰島は窓の外に目を戻してしまう。

「呼び出された……どなたにですか？」

「区長だよ」

「え……う、宇川区長にですか？　どうして私と一緒に？」

「つまらない話なら君に預けて帰る。君にとっては一旗揚げるチャンスだし、私にとっては無駄な時間を省ける。一石二鳥だ」

「……私にとっても無駄な案件かもしれませんよ」

こう答えると、灰島はさもおかしそうに笑った。

「ところで、君はこの記事について、そもそも本当にシュラカが無許可でやったと思うかね？」

「そこはたしかに気になりますね」

区が管理しているものに、実際に無断でこんなものを描いたら、大問題になりかねない。アーティストならば事前に話を通しているのではないか。

「気になるところはまだまだあるね。宇川区長は〈アート〉と連呼しているのだが、では国内の芸術家が、突然路上に絵を描き出したら、認めるだろうか？」

「認めないでしょうね」

「なのにシュラカのときはこんな暢気な写真を撮っている。まずはっきりと区長は理由において嘘をついたわけだ」

「嘘……ですか？」

「『アートだからＯＫ』じゃない。シュラカだからいいってことだ。知名度のない芸術家によるものなら、認めたはずがない」

そう語る時の灰島の口調は、いつにも増して憎々しげだった。

2

先にタクシーを降り、スカートの皺を伸ばし、襟を正す。まさかこんなくたびれた面相で区長に会うことになるとは。あとから降りた灰島は、その建物の正面を見据えて言った。

「さっき言っていた作品だが、じつは一時的に保護するために、益宮橋から取り外してこの区役所の一階に展示場所を変更しているらしい」

「へえ？　そうなんですか……」

益宮橋といえば、現在のＳ駅のほぼ真下に存在し、長年取り壊しが検討されているかなり錆《さ》びついた鉄橋だ。益宮橋の下に流れていた歌野川《うたのがわ》は、現在では暗渠《あんきょ》となっており、橋を越えた先の南ロエリアはスラム化しているため、一般の人間は立ち入るべからずというのが暗黙の了解だ。

新聞をみたかぎりだと、シュラカの作と思《おぼ》しき作品が描かれたのは、鉄橋の端にあるネームプレートの部分のようだった。名前を失ったあの橋が、ますますみすぼらしい存在になってしまったのは間違いないだろう。

時代とともに忘れ去られる橋とは正反対のようにモダン街道をひた走るつもりらしいS区役所は、しかし硝子《がらす》貼りの没個性的な、一見無味乾燥な建物だった。もちろん、パブリックな空間に必ずしもデザイン性は必要ないけれど。

入口を潜った。一階は三層吹き抜け構造になっていた。開放感のあるエントランスホールには案内所がぽつんと配されており、円形のホールの壁面に三つの細い通路が見えた。トイレや非常階段を挟んで、各部署の窓口がその先にあるらしい。役所の機能面を、内側に隠したような構造だ。

「シュラカはこれまでにも、紛争地域の壁に絵を描いたり、美術館の館内や文化遺産の塔の先端のような、通常は落書きが困難な場所に作品を残したりしている。国境を越えて芸術テロリストよろしく作品を多く残しているが、私はその行動に以前から首を傾げるところがあった。君は、あれは本当に〈アート〉だと思うかね？」

「それは……まあそう言う人たちが多いのは確かだと思いますが」

「君自身はどのように思う」

「人々をハッとさせる、常識に穴を開けることが芸術の一つの担うべき特性であるとするならば、たしかにそのような役割を、シュラカの作品は果たしているかも知れませんね。たとえば、内戦地域の鉄条網に薔薇の花を大量につけて、薔薇の壁に変えたことがありました。あれはゲリラ的でもあり、風刺としても素晴らしかったと思います。それに、ポオのオマージュと思しき《大鴉》はロンドンへの風刺にもなっていて好みでした」

「それに関する君の論文は私も読んでいる。だからこそ、適役だと考えたのだ」

「え……？」

こちらの反応を愉しむように笑いながら灰島はドアを潜る。

案内所よりわずか後方に、厳重にロープで囲われたコーナーがあった。その中に、益宮橋のネームプレートがあった。変色したその金属プレートは、長年の間に無数の落書きを施され、もはやもとの〈益宮橋〉の文字はほとんど読み取れなくなっている。

〈死ね〉というようなよく見るくだらない誰宛てともつかぬものや、どこでもよく見かけるような漢字を当てた変な造語もある。〈I♡U〉みたいな恋人同士が書きそうなものがあったかと思えば、アニメのキャラを描いた下手な落書きまで、統一性のないものが小宇宙を成している。

それらの落書きの歴史が、シュラカによって更新された。ある意味でこのプレートにとっての記念すべきピリオドではあるのかも知れない。スマホを首からぶら下げ、眼鏡をかけた二足歩行の犬が虚空を見上げている。

これは何を意味しているのだろう？

風刺としては、意味を読み取りにくい作品ではあった。ただ、二足歩行の犬自体は、これまでも何度かシュラカの作品の中に現れてきたモチーフだ。たしか、シュラカの分身であり、小市民の象徴でもあるのではなかったか。しかし今回間近で見て新たに気づいたこともあった。その立ち姿、足の構えや妙にデフォルメされた犬の表情に、既視感とも懐かしさとも言えるものを覚えるのだ。これはどこからくるものか。

「どうだ。初めて目の前でみるシュラカの絵は」

「彼の得意とするステンシル技法が今回も使われています……」

見れば誰にでもわかることではあった。ステンシルとは、絵柄に沿って型紙を切り取り、壁などに貼り付けてスプレーを吹きかける技法のことだ。

「まさか、それだけかね？」

「いえ……あと、後ろ脚だけで立つ擬人化された犬を描くのは今回が初めてではありません。過去に何度か描いています。たしか、去年も。権力に従順な群衆を象徴しているとも言えますね。ひと昔前なら眼鏡をかけ首にカメラをぶら下げているのは日本人を表現する時の海外映画でのステレオタイプな表現でしたが、この絵はそれをスマホにしている。虚空を見つめる犬の表情はどこか虚しくも見えますね。完全に行き詰まっているこの国の現状を捉えているとも言えます」

「ほかに気づくことは？」

「……なんというか、このように、もともと描かれた場所から切り離されてしまうと、何とも観賞しづらい感じですね。体験と場がつながっていることも理解できました」

「まあ及第点を与えよう。君ならまだまだいろいろと読み取ってくれそうだな。私がいまのところ感じるのは、匂いだ」

「匂い……ですか？」

「しないか？　少し甘やかな匂いだ」

「あ……インクの匂いですかね……」

たしかに独特な匂いではあるが……。

「それと作品自体から感じるのは、〈中心の喪失〉だな」

中心の――喪失。その言葉は知っていた。たしかハンス・ゼードルマイアの著作のタイトルではないか。宗教のよりどころを失った近代芸術が、人間の自律性を探求して解体した結果、混沌としていくこと。ただしゼードルマイアはこの言葉を否定のニュアンスで用いていたのではなかったか。

「この犬は二足で歩き天を仰いでいるが、目は目的なく虚ろだ。己のなかに何の中心ももたぬ現代人を表現してもいるだろう」

「なるほど。そう言えば、以前にシュラカが覆面インタビューに答えて自分の作品には中心というものがない、と言っていましたね。あの時は何気なく聞いていましたが、ゼードルマイアの概念と重ねて考えるとわかりやすいのかもしれません」

「君は飲み込みが早い。連れてきて正解だったようだ。さあ、そろそろ時間だ。行くぞ。区長がお待ちかねだ」

灰島はポケットから一口サイズのドーナツを取り出して口に入れた。この男のドーナツを切らさないセルフケアには毎度舌を巻く。

大げさなまでに巨大なエレベータに乗り込むと、音もなくドアが閉まった。区長室は最上階、二十六階にある。だが、その上昇は、息を吸い込んでから吐き出し終わるほどもかからなかった。

3

宇川裕理区長は、テレビで見たことのある死んだ魚のような目とは違って、実際には極めて愛想がよく、潑剌とした人間に見えた。想像していた独裁者然とした〈鉄の女〉風の雰囲気からはかけ離れて見える。

「よくいらっしゃいましたね、灰島先生」

彼女は恭《うやうや》しく頭を下げてから、こちらにもついでのように頭を下げた。まあおまけなので仕方ない。さあ奥へどうぞ、と言われ、彼女に従って歩く。

靴のゴム底すべてが埋まってしまいそうなほど柔らかなカーペットの上を歩き、その先にある自動ドアを潜る。応接間らしく、上座には、どこかの書道家による何と書いてあるのか読めない巨大な書が飾られていた。

「大学事務局から、区長が緊急に話があるから会いたいと言っている、と聞いて来ました。詳細をお聞かせいただきたいですね」

「……まずはどうぞおかけください」

宇川区長は向かいの席を示した。この部屋の長机は、ギネス記録に申請できそうなほどに長い。かなり迂回してようやく腰を下ろした。

「じつは、灰島先生のお力をどうしてもお借りしたかったのです。美学の世界における灰島先生のお噂は方々で耳にします」

「どうせ跳ねっかえりのハイエナ呼ばわりでは？　それで、そのような有名な私に緊急の相談となると、例のシュラカの件でしょうか？」

　わざとらしく宇川区長は驚いたような仕草をしてみせた。愛想のよさはすべて演技か。この人の目は、心の奥底が見えづらい。

「そのとおりです。私はあなた方にシュラカのあの作品――我々は《二足歩行の犬》と呼んでますが――についてのご意見を伺いたいのです」

「意見という言い方はたいへん幅が広いですな。作品の価値が知りたいのですか？」

「いいえ。シュラカの作品の価値ならおおかたわかっていますし、区としては価値は問題にしていません。あのシュラカがあの絵を描いてからというもの、絵をひと目見ようと観衆が押し寄せてきました。それ自体はS区の訪問客が増えるので好ましいことかも知れませんが、あのエリアは犯罪の多い地区でもあります」

「どのような場所なのですか？　あのあたりに疎《うと》いもので」

灰島がそう尋ねると、区長は軽く頷いてから説明を始めた。

「あのエリアは、低所得者層の人々が暮らしていました。でも、それだけではなくて、無政府主義者たちが一時的にムラを作っていたこともあるんです。最終的に警察によってムラは解体させられましたが、今もあの辺り一帯にはそういった遺恨が残っています。ですから、何も知らない観衆があそこを訪れて、何か事件でもあったら、区長として責任を負うことができないのです」

「それで、区役所の一階にあれを持ち帰ったわけですね？」

「ええ。落書きが許されるという前例を作るのもよくないですから」

「落書きでも芸術なら区役所に飾られるという前例もできましたよ」

灰島の皮肉に対して、区長は一瞬睨んだような顔つきになったが、すぐに微笑を浮かべた。

「しょうじきなところ迷っています。できれば、シュラカに直接コンタクトをとり、一度話を聞きたいのです」

「覆面アーティストにですか？」

「マスコミを呼んで握手をするわけじゃありません。制作の意図をはっきり聞き、区の合意下での制作ということにすれば、書類上は問題がなくなり、役所への恒久的展示も可能となるでしょう」

「シュラカが対話を拒否すればどうなります？」

灰島が尋ねた。こちらは借りてきた猫のように大人しく座って両者の応酬をじっと見守っている。

「その場合は、残念ではありますが、あの絵は無許可のものとなりますので、プレートを白く塗りつぶしてもとの場所に戻します」

「白く？ なぜです？ 見たところ、もともといろんな落書きがあったものじゃないですか？」

「これまでは区はそれらの落書きに気づいていなかったのです。でも気づいた以上放置するわけにはいきません。塗り潰すか、展示するか。道は二つに一つです」

「私にどうしろと？」

「聞くところによると、過去にシュラカにコンタクトを取ろうとした政治家はことごとく失敗しているという話です。しかし、アーティスト同士や評論家のなかにはシュラカと会ったことがある者も少なくない。灰島先生、あなたが去年、教養番組でシュラカについて語った後、シュラカはSNSで〈サンキュー、ハイジマ〉と書きました」

「……ええ、覚えていますが、面識はありませんよ」

構いません、と宇川区長は言う。

「灰島先生はシュラカの連絡先も知らないし、会ったこともない。しかし、シュラカが話したい人物であるのは間違いないと思います。そしてもう一つ——あの絵がシュラカのものであることを証明できる人間でもあります」

「どういう意味ですか？」

「これまでのシュラカは、路上にアートを残す際、同時に現場の写真を撮影してSNSに上げてきました。ところが、今年になって彼はSNSを更新していない。長めのブランクを置いて久々に発表されたのが今回の作品でしたが、SNSの更新は今のところありません。ニセモノじゃないか、と声を上げる人もいます」

「なるほど……つまり、私に課された任務は二つ。当該作品が正真正銘、シュラカのものなのかどうかを見極めること。もう一つが、シュラカとコンタクトをとり、宇川区長と対話する機会を作るよう交渉すること」

「そのとおりです。お願いできますか？」

灰島はしばし考えるようにしていたが、やがてこう言った。

「SNS上で私が呼びかけたとしても、シュラカはやはり答えないでしょう。恐らく、コンタクトをとるなら、シュラカらしく自分から突然、という形を好むはずです」

「そんな悠長なことは言っていられません。あちらに会う気がないなら、いっそシュラカの正体を暴くことはできないかしら？　そうすれば器物損壊罪で逮捕できます」

「正体も暴けなければ？」

　挑むようにして宇川区長は言うと、不敵な笑みを浮かべた。ああ、この人はこうやって勝負をかけるポイントを見計らいながらこの世界で生き抜いてきたのだ。

「仮に正体も暴けないのなら、先ほど申し上げたとおり、白く塗りつぶして終了です。お二人とも芸術を愛好する研究者でいらっしゃる。このような形で、文化的な遺産が消されるのは望むところではないでしょう？　私もです。しかし、システム上、そうせざるを得ないのです」

　宇川区長は、事務的に淡々と述べた。最初の愛想笑いはもうお払い箱となり、今は敏腕区長の顔そのものになっていた。

　ところが──灰島はかぶりを振った。

「私は降ります。ただ、シュラカの作品か否かという点についてなら、本物だと断言しましょう。証拠はいくつかありますが、それはここにいる彼女もわかっているはずです。とにかく、私は作品から作者像を絞り込むような真似は好まないので断ります」

「報酬なら出します」

宇川区長は慰留にかかったが、灰島は笑って立ち上がった。

「金の問題ではありません。私の個人的なポリシーの問題です」

そうしてそのまま出口へ向けて歩き出す。

「灰島先生、ちょっと……」

「君、あとはよろしく頼むよ。下で待っている」

「え、そんな……」

絶句しているこちらを置いて、灰島はさっさと出て行ってしまった。こんな状況で取り残されて、一体どう振る舞えばいいのやら。

困惑していると、宇川区長が溜息をついた。

「がっかりだわ。こんな小娘ひとり置いていかれても迷惑よ」

その言葉に、思わず怒りを覚えた。同時に、研究者としてのプライドを奮い立たされもした。

「ご不満なことはお察ししますが、シュラカの正体についてなら、以前から少しずつ考えを整理していました。この際、それを発展させるいい機会です。この案件、私が責任をもって引き受けます」

言ってしまった……。いまだかつて、こんな大見得を切ったことはないのに。こちらの態度に、宇川区長は満足げに笑みを浮かべた。もしや挑発に乗ってしまったのか。

「頼もしいわ。もちろん、文化価値の調査費として区の財政から出せる適切な報酬を支払わせていただきます。期間は二日。今が四時ですから、二日後の四時としましょう。それ以上は待てません」

「かしこまりました。では、必ずその期間内に材料を揃えましょう。ところで、さっき灰島が言っていた、あの作品がシュラカであることの証明をしましょう。あれはシュラカの作品です」

「なぜ？　SNSに上げられてもいないのに」

これについては、先ほどフロントで灰島がくれたヒントが役立っていた。頭をフル回転させたら、直前まで謎に思えたものに明確に解答が与えられ始める。なるほど、自分の思考は以前より進化しているようだ。

「じつは、あまり言及されないのですが、シュラカはステンシル技法を用いる場合、スプレー式塗料で絵を仕上げた後、撥水《はっすい》スプレーを吹きかけるんです。独特の匂いですぐにわかります。世間には知られていないシュラカの特徴ですね。

　また、大きなところでは描かれているモチーフもそうです。《二足歩行の犬》は、これまでに発表されているものもいくつかありますが、おそらくは彼の鉄の刃自体の問題でしょうが、規則的に一ヵ所窪みができるようになっているのです」

「なるほど……そこまでわかってらっしゃるのなら、とても頼もしいわね。いい結果を期待しています」

宇川区長の言葉に黙礼で答えてから、ゆっくりと立ち上がった。

4

エレベータのドアが閉まるまで、宇川区長はにこやかに頭を下げながら見送ってくれたが、儀礼的な態度だとわかっているので、どうしても返す笑みは固いものになった。「小娘」扱いされた恨みは思いのほか深い。

一階に降りると、エレベータの前で灰島が待っていた。

「胡散臭い政治家だな。噂通りの独裁者だ」

「だからって逃げるのは卑怯です」

「君への試練さ」

「ど、どういうことですか？」

者なのか知りたくて仕方ない。これでシュラカの正体に迫れば、君は一躍芸術界隈でその名が知れ渡る」

「覆面芸術家の正体探しに、大衆は躍起になっている。みんなあのヤンチャな芸術家が何

「私のために依頼を降りたんですか？」

「いつまでも同世代の黒猫クンに天才の名をほしいままにされている場合でもない。君の分析眼を知らしめてみろ」

黒猫を超えろ、とはずいぶん大きなことを言う。そんなことができるのだろうか？

「灰島先生はシュラカの正体に興味ないんですか？」

「まったくないね。だが、探す君の隣にはいてやろう。弟子の成長を見守る義務はある。それに、放任しすぎて君に何かあれば、君の恋人が黙っていないだろう」

「え……」

思わず頬が熱くなる。何か言い返してやりたかったが、さっきの宇川区長への怒りもあって咄嗟に言葉が出てこない。灰島は例のプレートの前に佇んで呟いた。

「それにしても、好かないな。あの区長は。そもそも、今回の依頼自体きわめて政治的で不快だね。シュラカと対話できれば、それで公認にして、芸術を政治の庇護下に置こうというわけだ。だが、実際に彼女の関心は〈アート〉であって芸術ではない」

「アートの訳語は芸術ですが、いま灰島さんが仰ったのは、〈アート〉という言葉がひとり歩きしている側面についてですよね？　つまり、この国においての二重の使い分けというか……」

「その通りだ。〈アート〉という言葉の使用法は二重性がある。たとえば、コンセプチュアル・アートやポップ・アートなんていう西欧からの概念をそのまま使用する場合、芸術の世界では欧米由来であることを強調するために、〈アート〉と表記することを許容してきた。だが、それが大衆により、従来の使い分けがかなぐり捨てられて、実際の内容をもたぬ空虚な器だけが残され、キッチュな概念としての〈アート〉が出来上がる。そのような〈アート〉は、政治にとって何ら脅威をもたらさない。〈アート〉は、人権への寛容性を示す政治家の道具となる。恐らく、宇川区長は、シュラカは有名な存在だから、海外のセレブを持て囃《はや》すような対応をしようとしているのだろう。だが、それと、シュラカが彼女の考えるような〈アート〉であるかというのは別問題だろうね」

「シュラカは、〈芸術〉だと思いますか？」

「私はその問題を、じつは長いこと考えてきた。そのアナーキズムやヴァンダリズムはよく理解できるし、評価もしている」

「ヴァンダリズム……破壊主義ですね？」

「そうだ。彼の芸術は、つねに破壊から出発している。たとえば、彼が頻繁に描くモチーフのひとつにミサイルの絵がある。国家自体が与えたミサイルの意味は、自国防衛と称した攻撃のための兵器だ。だが、シュラカはその用途をサッカーのボールやリュックサック、はては赤ん坊の哺乳瓶に変えてしまう。これは、シクロフスキーの提唱した異化の概念でもあろうが、それだけではない。明確に、ある制度下で与えられた意味を拒絶するという方法がとられている。

それは、言ってみれば宗教が中心にこなくなった芸術の世界の中心に都合よく収まろうとする資本主義や国家権力を蹴散らすシュラカの芸術哲学とも言えるだろう。中心はないと言いたいわけだ。自らが匿名の存在であるのも同じ理由だろう。中心を失った芸術を鑑賞者は個に帰属させようとして作者と結びつけたがる。中心がないという主張のシュラカにとっては作者さえも中心に来てはいけないんだ」

そんなふうに深く考察してみたことはなかった。エッジの立ったキャッチーな風刺画だと思っていたのだ。

「ただし、そのようなシンプルな事実を伝えるために、彼は全人類に理解できるような類型化された表現パターンを用いる。結果として、きわめて広告的な、キッチュな表現に見えてしまってもいる。その点をシュラカ自身がどう感じているのかは気になるところだ。

彼はデュシャンと同じく次代に名を残す芸術家になると言われている。私も、シュラカが芸術と呼ばれることに抵抗はない。好みではないがね」

驚いた。これまでの口ぶりから、てっきり灰島はシュラカをまったく認めていないのだと思っていたのに。

「君がシュラカを副次的に研究対象に据えるといいんじゃないかと思ったのはね、君に足りないものをシュラカが与えてくれるんじゃないかと期待するからなんだ。さっきの講義を廊下で拝聴させてもらった。君の講義には、恣意性、デフォルメ、そういったものがまったく欠落している。単調で、退屈極まりない講義だ」

「ウッ……」

そこまで言わなくても、と思うが、講義の全体像がつかめていなくて、目先の説明で頭がいっぱいになっていた自覚はあった。

「論文も読んだ。『悪魔に首を賭けるな』に関する考察も」

「あれ、読んだんですか……」

ゴシック美学会の会報誌に載った論文だ。テーマに選んだポオの「悪魔に首を賭けるな」という作品は、生まれた環境が悪かったせいか自堕落で貧乏、賭けるものが自分の首しかなく「悪魔にこの首を賭けてもいいが」というのが口癖の男、ダミットの身にある夜起こった不幸の顚末を描いている。最後にその悪魔と思しき老人の前でいつもの台詞を言ってしまったダミットに待ち受けていたものは……といった内容。

ブラックユーモアに富んだ短篇だが、いざ論文を書いてみると、ダミット＝ポオ論を出発点としたまでは良かったが、存外あっさりとした内容にまとまってしまったと反省していた。まさか灰島があれを読んでいようとは。

「ほかの研究者にはない視点を持ち込んでいるのに、スリリングな展開になる数歩手前で地味な論考に終始していた。地味な結論に落ち着くのであっても構わない。君なりの発見があったわけだからな。であれば、その地味にしか見えない発見が、君にとっては非常に大いなる発見であり、学問全体にとっても意義深い発見であることがわかる書き方をすることが望ましいのだが、君にはそれができない。それは、いまのところ私が感じている最大の問題点だ」

いろいろ言い訳はあったが、結局何も答えずにおいた。すると、灰島はこちらの様子を愉しむように眺めながら、ポケットの中からドーナツを取り出して頰張り始めた。

「まあこう指摘したところで、君は納得するまい。今の君の抱えている問題点を超克するには、それなりの覚悟がいる。だからこそ、今回の依頼は、君が解決するべきなのだよ」

5

「まず研究室に戻りませんか？」

「従おう。こちらはワトソンに徹するのみだ」

「こんな偉そうなワトソンは初めて見ますが」

フン、と灰島は笑った。この人は怒っているように笑い、笑っているように怒る。よって機嫌の良し悪しがたいへんわかりにくいのだが、たぶん今は機嫌がいいのだろう。

くだんの《二足歩行の犬》をカメラに収めた。研究室に戻って、パソコンの画面で細部を拡大しながら見ていくことで何か見つかるかもしれない。

それに、シュラカの過去の作品なども改めて見直す必要があった。

「研究室に、シュラカの作品集ってありましたっけ？」

「私の研究室にならある。他人を入れたことはないがね」

「今日は入れていただくことになると思います」

「……ご自由に」

タクシーに乗り込んだ。

「シュラカはこの一年間は作品を発表していなかった。最後に発表したのは、昨年の五月だ」

「約一年二カ月のブランクってことですね」

「これまでの活発な活動内容から考えると、これはかなり長い沈黙と言っていい」

「なるほど。その長い沈黙を破る第一作が、この《二足歩行の犬》ということになるんですね」

「ああ。だが、それにしては思ったほどの大作ではない。むしろ出来としてはこぢんまりとしたものだ。なぜこれを一年以上空けてから発表したのか。時期的なことなのか、何か意味を持つのか。まずはその作品自体を解体すること、それから過去の作品解体、という手順かな」

「と、ワトソンは進言した」

「ああ……すまない。君に任せる」

灰島の恥じ入る様子がおかしくて、思わず噴き出した。

「ありがとうございます。ちなみに、昔の作品や経歴は研究室で調べるとして、一応最近過去五年分の作品はシュラカ自身がSNSにアップしているので確認ができます。ご覧になりますか？」

「だいたい頭に入っている。君が見たらいい」

偉そうなワトソンだ。その場でスマホを眺め始める。抜群にユニークな作品が並んでいる。アメリカの風刺漫画を読むくらいの気持ちだったら、じゅうぶんに楽しめる。けれど、やっぱり自分にはこれを芸術だ、というふうにはなかなか認識できなかった。

しかし、こうして見ていくと、ひとつ面白いことがわかった。

「五年前から見ていくと、ロンドン、パリ、ラスベガス、リオデジャネイロ、アフガニスタン、ミシシッピ、香港、コルカタと、方々で路上アートを手掛けています。いずれの地も一点。多くて、二点か三点。昨年の東京でも一点。ただし、二年連続で同じ土地が選ばれたのは今回が初めてです。ネット上では数年前からイギリスのロックバンド〈フィクショナル・サイエンス〉のボーカル、ミッチェルこそがシュラカなのでは、と言われていますね」

「理由は？」

「ミッチェルがライブに訪れた場所と、シュラカが作品を残した土地が時期ともども一致しているからです」

「では、今回も〈フィクショナル・サイエンス〉が東京に来ている？」

すぐにネットで検索をかける。だが、それらしい情報は出てこない。

「そういうわけじゃなさそうですね……でも、共同作業者がいれば、可能は可能でしょう」

「ふむ。仲間の存在を考えると、アリバイなどから辿るのは困難かも知れないな。ほかに候補は?」

「もう一人、よく名前が挙がるのは、アメリカのクリエイターであるデヴィウスです。根拠は、シュラカの商用利用などでシュラカに入る売り上げを辿ると、デヴィウスのマネジメント会社に繋がっているからだそうです」

「なるほど。利益のルートを辿ったわけだ。すると、デヴィウスの周辺を調査すれば何かが見える可能性はあるな。ミッチェル=シュラカ説をとるにせよ、デヴィウスの会社との間に何らかの接点がある可能性は高い」

「そうですね。たとえば、ミッチェルはバンドマンですが、路上アートに関する活動はデヴィウスの会社に委託している、とか」

「二人はSNSはやっていないのだろうか?」

「調べてみます」

この時代はSNSが大きな手掛かりになり得る。気になる芸術家の最新情報がどこよりも早く入手できるのはだいたいSNSだ。

調べていくと、果たしてミッチェルのアカウントがすぐに見つかった。この一週間ほどの履歴を遡っていく。どうやらフランスでツアーの真っ最中のようだ。

「ミッチェルはフランスでツアーをしています」

「東京には来られそうにないな」

もう一人のデヴィウスもすぐにヒットした。こちらは、毎日こまめに自作をアップしており、自身のデザイン事務所からの動画なんかも投稿している。

「デヴィウスも……アメリカのオフィスから離れていないようですね」

「さっきから言うように共同作業者の存在もあるから、アリバイ一つでシュラカではない、と片付けることはできない。ただ一つ、いまの調査からわかることがある。何だと思う？」

「……調査のポイントを誤れば解は得られない」

「そういうことだ。これまでもさまざまな憶測が飛び交いながら、シュラカは尻尾を摑ませていない。その多くは物理的な証拠にこだわったからだ」

「物理的な証拠にこだわってはいけないんですか？」

「無意味だ。デヴィウスのマネジメント会社に金が入っていても、それを根拠にデヴィウス＝ミッチェルとはならないし、ツアー時期や場所が一致していてもミッチェル＝シュラカとはならない。ステンシル技法を使う以上、アリバイはじつはどうとでもなってしまう」

「では、何にこだわるべきでしょう?」

「それを考えるのは君の役目だろうな。シャーロック」

「私は物理的な部分がヒントにならないとは思いません。……たとえば、日頃何をしている人間かはわかりませんが、過去五年を通して自由に海外へ行き来している以上、ある程度の経済的余裕のある人間ではあると思います。また、たとえばアフガニスタンでの鉄条網への薔薇設置や、ロンドン塔での作業などから察するに、ふつうのアーティストよりも高所作業に馴れた職種にあるとも言えるでしょう」

「だが、それらも共同作業者の存在があれば無意味だ。違うかね?」

「かも知れませんが、少なくとも共同作業者の性質を限定するヒントにはなります」

「もしも、毎回共同作業者が違ったらどうする?」

「それは……」

そこは考えていなかった。そうか、シュラカは用心深いアーティストだ。毎度同じ共同作業者には頼まないのかも知れない。その都度の適材を選択しているのなら、たしかに灰島の言うとおり物理的な部分はすべてヒントにはなり得ないのか。

「で、でも……今回、ふたたび東京に作品を残した、ということは一つの鍵にならないでしょうか。一年のブランクはありますが、二年連続で同じ都市で作品が作られたのは初めてです。何らかの理由があるはずです」

「では、去年の作品を省察して何か共通項はあるかね？」

「東京だという以外の共通項ですね？　それは……」

「去年はたしか、銀座の高架道路だったな。見落としてしまいそうなくらい地味な場所という意味では、今回と共通して見えるが……ほかに何か見えてくるものはないかね？」

「そうですね。今回の益宮橋にしても、銀座の高架道路にしても、一定の役割をすでに果たしてしまった場所……ではないでしょうか？」

「なるほど、なかなかいいところに目をつけたね。たしかにシュラカは東京で形ばかりの存在となった場所を選んだ、とは言えるかも知れない」

「文明に警鐘を鳴らしているのかも知れません」

「一つ言えるのは、これらの場所の歴史性についての知識があるのは、ある程度の歳月東京にいた者ではないかということだな。ほかの都市が超有名スポットを狙っているのに対して東京だけマニアックだ」

「さすがですね、ワトソン」

「……」

灰島はまた余計な口出しをした自分を悔いるような顔になった。

6

「制作場所を指定しているのがシュラカだとしたら、シュラカには他の国よりも東京に土地鑑があるってことになりますね」

「シュラカ＝日本人説というのは、今のところどこにも出回っていないだろうが、可能性はゼロではない」

「そうですね。何しろ去年と今年、二回続けて東京を選んでいます」

「だが、根拠としてはまだ希薄だ。いくら物理的な証拠を重ねても、やはりこの希薄さは解消されないと思うね」

灰島が物理的な証拠ではシュラカの正体はつかめないと言ったのはこういうことだったのか。自分の読みがまだまだ浅かった。けれど、物理的な証拠以外に一体何を追えばいいのだろう？

「我々の専門は何かね？」

「美学……ですね」

「そういうことだ。美学者は飽くまで美学的なアプローチをとるべきだ。仮に結果が出ないのであっても、美学者としての矜持《きょうじ》をもって臨んだのであれば、後悔せずに済む」

灰島の言うとおりだった。推理小説の犯人捜しよろしく、物理的側面からシュラカの正体を追っても、恐らくこの案件は消化不良に終わる。世界中が注目しているなかでいまだに正体が割れていないということは、物理的な方面からの追究は不可能だということだろう。そこはいくらか政治的な力学が働いている部分でもあるのかも知れない。

「シュラカについての研究本などを読むと、だいたい最初に登場するのが、路上アートの元祖とも言うべきリチャード・ハンブルトンの名前です。ハンブルトンを一躍有名にしたのはニューヨークの路地に描いた《シャドウマン》という、ジャクソン・ポロックのアクションペインティングのような荒々しい筆致で黒一色で描かれた連作でした。このテイストに、シュラカが影響を受けているという指摘は少なくありません。登場する人物の躍動感や、警告性の高さ、政治的メッセージ性といった意味合いからの指摘ですが、これはシュラカにのみ見られる傾向ではなく、路上アーティストの多くに共通していることでもあるように思います」

「つまり、君は一般的に挙げられるシュラカのリチャード・ハンブルトンからの影響に否定的なわけだ」

「完全に否定はしませんが、シュラカがハンブルトンのフォロワーだというのは疑問の余地があります。とくにここ十年ほどの作品を振り返ってみると、人物でも動物でも、全身像よりも上半身だけを描いたものが増えている。いずれも首が太く、顔の特徴などをデフォルメしたインパクトの強い作品が多く、ハンブルトンとの類似はありません」

「たしかにそうだな。恐らく、ハンブルトンが引用されるのは、空間の使い方や作品における過剰でアナーキズム的なメッセージにあるだろう。作風自体がハンブルトンの影響にあるという考え方には私も懐疑的だね」

「じつは……ずっと気にはなっているんです。シュラカの作品を観る時に感じる何とも言えない懐かしさのようなものが」

「懐かしさ?」

「ええ。それがどこからくるのかがわかると、少しは前進できる気がするんですが……」

このままでは時間だけが過ぎていく。与えられた時間は四十八時間。明後日の夕方四時までには結論を出さなくてはならない。いまはすでに夕方の六時。残りは四十六時間だ。

「美学的観点から省察すると、一見ヨーロッパ的な風刺画の流れにあるようにも思うんです。美術史家のバルディヌッチは〈カリカチュア〉を、モデルを誇張しながらも結果としてモデルそのものとして描かれる肖像画だと定義しています。たとえば、政治家を揶揄《やゆ》する場合なんかは、たしかにシュラカはこの本来の語義としての〈カリカチュア〉を駆使していると見えることもあります。しかし、モデルのいないケースも多い。というか、大概がモデルのいない抽象的なモチーフが選ばれている以上、シュラカの出自は〈カリカチュア〉ではない、と見るのが正しいでしょう」

「つまり、君の感じる〈懐かしさ〉は、たとえばジョルジュ・ビゴーのような絵に由来する風刺からくるわけではないんだな。さて困った。君の〈懐かしさ〉については、その正体を引きずりだせるのは君以外にいない」

「そうですね……今日はもう帰ります。ちょっと脳が疲れているようなので」

いくら考えても答えが出ない以上、ここにいるのは不毛なことに思えた。それにしてもまったくとんでもない一日になった。

「好きにしたらいい。どこで考えようと君の自由だ。思いついたらいつでも連絡をくれたまえ。助言はしてやる」

「……ありがとうございます」

優しいのか優しくないのか。たぶん灰島自身、感情については未整理なのでは、と思うことがある。

荷物をまとめて大学を出ると、もう日も翳《かげ》り始めていた。しかしああ言って出てきてしまったが、このまま帰宅してぼんやり過ごせば、翌朝には残り三十数時間になってしまう。

果たして、たったそれだけの時間で全世界が注目するシュラカの正体に自分が近づくことなんかできるのだろうか？

というか、そもそもシュラカの正体を暴くことは本当に求められていることなの？

そんなことを考えて、不意に足が止まった。この依頼はもともと灰島教授にきたものだった。だが、灰島はたしかに美学界の異端児ではあるが、それほど知名度が高いわけではない。なぜ区長は、灰島に依頼したのだろう？　本気で究明したかったら、もっとそれに相応しい人材がいるはず。結果、灰島は断り、自分にお鉢が回ってきたが、区長は溜息ひとつついただけだった。むしろ正体などわからず、処分できたほうが区としては都合がいいということか。調査せずに処分すればクレームがくるから、形ばかりで依頼したのかも知れない。

しかし、そうなればシュラカの作品が消されることになる。

研究者として、黒猫と肩を並べる機会も――。

電話が鳴ったのは、そのタイミングだった。

かけてきたのは母だった。

「今日は遅くなるからあなたも外で食べて来なさいね」

そうだ、今日は本来なら母と美術館に浮世絵展を観に行く予定だったのだ。結局、母には一人で行ってもらうことになったのだが。

「美術館どうだった？」

「いやぁ、よかったわよ。もう、感無量ね。とくにここ二十年程ずっと推《お》している井上球の《容疑者列伝》シリーズは間近で見ると圧巻だわね」

母が現代浮世絵師の井上球を好きなのは昔からだった。〈現代の写楽〉などと呼ばれたりすることもあるが、決して先祖返りな作風ではなく現代的なモチーフを浮世絵の世界で昇華している。子どもの頃からよく美術館巡りに付き合わされ、井上球の絵も早い段階で知ることになった。いちばん興味深かったのは、《バルトに見られた日本人》という作品だった。正面を見ているのに決してこちらを見ておらず、ぼんやりと淀んだ目をした大首《おおくび》絵《え》。浮世絵のダイナミズムが、逆にその被写体のあまりに静的な性質を浮き彫りにしていた。

「井上球……か」

「ん？　もしもし？　どうしたの？」

母はなおも感想を述べようとしていた。が、その会話の途中で「ごめん、お母さん、ちょっと用事思い出したからまたかけるね！」と通話を切断し、大急ぎで研究室へ引き返した。

ときに研究においては、革命に近いような発想の転換を強いられることがある。そういう時、その流れに身を任せていいのかどうか判断がつかないこともしばしばだ。そうして結局、その大きなアイデアに乗らずに切り捨てることもある。あとあとになってべつの研究者が同じ切り口で絶賛され、歯がゆい思いをしたことも。

いまが、その時かも知れない。

7

灰島の研究室をノックする。

「入りたまえ。もう朝が来たのかね？」

足音で正体を読んでいるようだ。ドアを開ける。

「霧が晴れたようだな」

「はい、恐らく……わかりました。何を〈懐かしい〉と感じていたのか。浮世絵です」

「浮世絵……？」

「シュラカは恐らく浮世絵の影響を受けているんです。たとえば、人物画のときに妙に首や指が太かったり」

「根拠はそれだけかね？」

「いえ。じつは、あの《二足歩行の犬》の顔なのですが……現代の浮世絵画家、井上球の影響を受けているのではないか、という気がするんです。酷似した構図の作品が井上球にあるんです」

「……いま、その作品を見せられるかね？」

「はい」

すぐにスマホで画像を開き、井上球の作品の中から《犬芝居役者絵図》の画像を探して提示する。後ろ足をぐいっと開いて人間のように立ち、大見得を切る犬。だがその表情は妙に固い。

「これは何でも指示を待たないと動けない日本人を揶揄した作品と言われていますが、この首の太い犬の立ち姿は、シュラカの《二足歩行の犬》とほぼ同じ構図だと思いませんか？　足の格好までそっくりです」

灰島はこちらのスマホをとって顔を寄せ、仔細に観察を始めた。

「浮世絵は木版画で大量に刷られるという点では、ステンシルアートにも応用できる部分があります。複製可能な芸術の形式に、シュラカがヒントを得た可能性はあるのではないでしょうか」

それからしばらく経って唸った。

「驚いたな……。どうやらシュラカが井上球に影響を受けているというのは本当らしい。さて、ここからどうするかね？」

どうにか、自分は第一関門を突破できたのかもしれない、と灰島の顔を見て思った。だが、問題はこの先だ。果たして、シュラカの存在自体に辿りつくことなんてできるのだろうか？

「井上球は、二十一世紀の東洲斎《とうしゅうさい》写楽と呼ばれている。その画法は、ある意味で写楽以上に大胆でもある。写楽は当時の人々が求めた顔の良さが際立った絵ではなく、役者の真の表情を捉えることにこだわった写実的な作風で知られた」

「あれで写実的なんですね。けっこうデフォルメしていると思いますが」

「わかりやすく言えば、当時の人々は少女漫画的な美しいデフォルメを求めたのに、写楽は風刺画的に、その人物の真実をとらえたデフォルメで描いたわけだ」

「ああ、なるほど。そう聞くとわかります。デフォルメはしているけれど、美化はしていない、ということですね」

「とくに初期の大首絵は不評だった。井上球は昭和の人物画家や漫画家などからの影響を吸収しながら、それをもう一度浮世絵に昇華した。だから、デフォルメの精度という意味ではまさに東洲斎写楽の進化形と言えるだろう」

「井上球とシュラカに接点があるということは考えられるでしょうか」

「ミッチェルやデヴィウスにシュラカ説があるのなら、井上球＝シュラカ説があっても問題はないはずだ。《二足歩行の犬》と《犬芝居役者絵図》を証拠として挙げれば、世間はそれを有力な説と思ってくれる。だが、シュラカとコンタクトをとり益宮橋にあった《二足歩行の犬》がシュラカ作だと認めるところまでが君のミッションだ。井上球本人がシュラカかそうでないか、まず本人を訪ねてみることだ」

「さすがワトソンですねえ……さっきからヒントが多いです。過保護ですよ。そんなに過保護だと、生徒を甘やかすことになりますよ？」

灰島は咳払いをした。ヒントを出していた自覚すらなかったようだ。

「私が生徒に冷血漢と呼ばれていることは君がいちばんよく知っていると思うがね？　それより明日、朝一で行ってみよう。井上球のアトリエについてはこちらで調査しておく」

灰島はこちらから顔を背けたまま、そそくさと出て行ってしまった。灰島のいた席には、まだドーナツにかかったシナモンシュガーの香りが漂ったままだった。

8

翌朝は、事前に灰島からメールで指定のあった駅で待ち合わせた。武蔵野の自然豊かなエリアにそのアトリエはあるようだった。

「どうやって調べたんですか？」

「なに、ホームページからメールで取材を申し込んだらスタッフから返事があって、あっさり住所を教えてくれた。最低二日前には予約が欲しいと言われたが、まあ押しかければ話くらい聞いてくれるだろう」

閑静な住宅街を進んでいった先に、突如極限まで無駄をそぎ落とした、居住するための箱といった雰囲気の邸宅が現れた。浮世絵師という肩書きからはイメージがかけ離れているが、どうやらここが井上球の邸宅のようだ。

インターホンを押すと、ピロティからスタッフらしい人物が現れ、井上先生はただいま制作の真っ最中なのでどなたともお会いにはなられません、と言われた。そこを何とか、と押し問答していると、奥から白髪の男性が現れた。写楽の描く歌舞伎役者みたいに立派な鉤《かぎ》鼻と強烈な目力をもっている。

「騒がしいね。何事かね？」

「すみません、昨夜メールをくださった方が……」

スタッフは慌てふためいた様子で白髪の老人に言いかけた。

「ああ……私に話があるという人かね」

灰島は相手に敬意を示すように深々と頭を下げる。

「単刀直入に伺います。シュラカというアーティストをご存知ですか？」

井上はしばらくどう反応したらよいものか迷うようにじっと固まっていたが、やがて「奥で話しましょう」と手招きした。

通されたのは、支え壁のない開放的な大広間だった。このままドッジボールができそうなくらいのスペースに、無数の浮世絵が所狭しと並んでいる。浮世絵と一口に言っても、ミュージシャンを浮世絵で描いたものもあれば、アニメのモンスターを描いたものもあったりと、飽くまで現代のモチーフにこだわっているところが面白い。

奥にある小さな作業台の手前にある折り畳み椅子を二つ並べられ、座りなさい、と促されて腰を下ろした。彼は、我々にお茶を淹れてから、ゆっくりとキセルを吸い、やっと正面を向いた。

「浮世絵は、江戸時代が生んだポップアートだ。私は、その精神を表すために、社会へ向けたさまざまな皮肉を作品に昇華してきた。スタッフにも繰り返し語っているんだ。『中心などない』とね」

「中心なんて……ない？」

それは、シュラカが繰り返してきたキーワードでもあった。中心の喪失こそが、シュラカの投げかけるテーマだった。

「シュラカの作品の中にたびたび登場する《二足歩行の犬》のイメージが、私の作品からの盗作ではないか、という声は、じつは何度かこれまでも入ってきている。たしかに構図も似ているし、影響は受けているのだろうな。だが、私は取り立ててそれを問題視するつもりはない。一つのオマージュとしてなら評価できるし、何より、彼は私の『中心などない』というテーマを継承している。それは、なかなか素晴らしい芸術コミュニケーションだ」

「私は、あなた自身がシュラカではないか、と考えたのですが？」

挑むように灰島が尋ねると、思いがけず井上は笑い出した。

「私が？　この老いぼれが現代アートの世界に君臨か。素敵な夢だな。面白い。そのネタ、今度使わせてもらっても構わないかね？」

言いながら、なおも井上球は笑い続けていた。灰島は、奥の読めない顔で相手に微笑みを返していた。

9

「無駄足でしたね……」

徒労感に襲われながらそう言うと、灰島は「とんでもない」と言った。

「大収穫だ。無駄足に思えるのは君が愚か者だからだろうな」

井上球のアトリエを後にした後、その屋敷の塀がみえるドーナツ屋〈サークル〉でかなり遅めの昼食兼午後の作戦会議が開かれることになった。

塀には、井上球の浮世絵に登場する〈犬〉の顔が小さく描かれてあった。いつの間にかシュラカのイメージにされてしまったモチーフだが、井上球に恨む気持ちはなさそうだった。心が広いのか、単に自分の作品に自信を持っているのか。

の表情を浮かべている。チョコレートドーナツを食べ終え、ブラックコーヒーで甘みをさっさと消してから、その後、今後の予定について話し合った。もうここが袋小路なのではないか、と思っていたが、灰島は違ったプランを持っていた。

灰島は全部食べたら胃がもたれるのでは、と思うくらいにドーナツを山盛りにして至福

「あそこのスタッフに帰りがけいろいろ聞いてみたんだ。現在、弟子はいないようだが、かつては三人ほどとっており、うち二人は今なお浮世絵師として活躍しているらしい。いずれも都内にいるという話だ。どうする?」

尋ねられるまでもないことだった。そうとなれば、やることは一つだ。店を出るとすぐさま灰島のリストアップに従って、井上球の元弟子を訪ねて回ることにした。

一人目は、ツカサという男性画家だった。彼はアニメーションと浮世絵の融合を目指しているようで、中目黒に奇抜なアトリエを構えていた。白い塀に〈犬〉のデザインがあったのが井上球の弟子の証だろうかと思われた。

彼は村上隆《むらかみたかし》の提唱するスーパーフラットの概念に追随する形で、近年は余白が多く遠近のない浮世絵の世界にアニメのキャラクターなどを混ぜ込んだ絵を多く描いている。

「シュラカみたいな品性のないものは僕には合いませんね」

彼はこちらがシュラカの名を出しただけで眉間に皺をよせ、嚙みついた。シュラカの正

体ではないか、という問いについては鼻で笑われ、僕を馬鹿にするなと返された。

見たところ、作風はたしかにシュラカと大きく異なっていた。何より井上球の画風から離れてしまっている。

二人目は、西洲斎星羅《せいしゅうさいせいら》と名乗る女性だった。高円寺の閑静な住宅街に小さなアトリエを構えており、白い塀にはやはり小さくあの〈犬〉の絵があった。もはやここまで来ると流派の家紋のようだ。

果たして現れた西洲斎星羅は、和装に身を包んだ清楚な雰囲気の女性だった。彼女は十代の終わりから弟子となったため自分が最年少だと語った。

「私がシュラカではないか、と仰るの？　嬉しいわ！　見てほしい作品があるのよ！」

彼女は次から次に自作を見せてきた。残念ながら、それらは立派な作品ながら、江戸時代にあってもおかしくないような先祖返りな世界観のものばかりだった。話を聞けば、江戸の世界を再現するのを一大プロジェクトとしているとのことで、その意味ではたしかに異様なまでに浮世離れしているとは言えた。

「どうしましょう、二人ともシュラカではなさそうですね」

彼女のアトリエを後にしてからそう言うと、灰島はふふっと笑った。

「たしかに彼らの作風はシュラカとは異なったが、あえてシュラカの作風と自作の作風を変えている、ということも考えられるとは思うね」

「それって今聞いた二人が嘘をついてるってことですよね？　でも、嘘をついたにしてはうますぎる気がしました。私だって人が嘘をついているかどうかくらい……」

「本気で嘘をつこうと思えば、いくらでもうまい嘘がつける。それこそ、井上球自身が嘘をついていた可能性だって私はまだ疑っているくらいだよ」

「……そうかも知れませんが、シュラカじゃない証明って存外難しいですよね。シュラカだと証明するより実は難しいかも知れません」

「違いない」

灰島は他人事《ひとごと》のように楽し気に笑った。それから、ふと塀に描かれた〈犬〉に目を留めた。

「さっきのツカサの家にもあったね。そう言えば井上球の邸宅にもあった。あれが井上球一門であることの証なのかな。せっかくだから後学のために写真に収めておこう」

灰島はそう言って塀のそばへ向かった。それから、唸り声を上げた。

「君、この絵をよく見たまえ」

「……どうしましたか？」言われるままに近づいてハッとした。「これ、浮世絵じゃないですね……ステンシルアート……」

灰島は引き返すと、西洲斎星羅の玄関のインターホンを鳴らした。ほどなく星羅の応答があった。

「すみません、塀に描かれた〈犬〉ですが、どなたが描いたのですか？」

「〈犬〉？　ああ、あれはこの家の施工を任せた建築デザイナーが残していったサインですよ。たぶん井上先生を真似てくれたんじゃないでしょうか？　私が弟子なのを知って……どうかなさいました？」

「……その建築デザイナー、どなたの紹介でお知りになられたのです？」

「ええと、それは井上先生です。何でも、一時的に弟子をやられていたけれど、すぐにお辞めになられた方なのだそうで……」

灰島と思わず顔を見合わせてしまった。見えないカードが一枚、姿を現したかも知れない。

「その方の連絡先などはわかりますか？」

「ちょっと待ってくださいね……」

十分程して通話口に戻ってきた星羅は言った。

「ありました。それから星羅は、ここからそう遠くありません」

それから星羅は、ゆっくりと住所を読み上げた。

10

「着きましたよ」

タクシーが止まったのは、どこにでもありそうなプレハブのオフィスだった。営業していないのか、ガラス戸はカーテンが閉め切ってあり、オフィスの中が見えないようになっている。

ここが、三人の家の塀を担当した〈鋳巣《いす》デザイン事務所〉のようだ。

ドアをノックすると、一人の女性が顔を出す。眼鏡の奥に光る瞳も、長い黒髪も、夜の銀河を思わせる。

「……どちら様でしょうか？」

「こちらに、鋳巣崇《たかし》さんはいらっしゃいますか？」

「……おりますが……鋳巣はもう誰ともお会いしません。お仕事の話でしたら、明日の日中に来ていただければ私が対応します。本日は定休日をもらっておりまして……」

すると、灰島が会話に割り込んだ。

「デヴィウスのオフィスからこちらを紹介されましてね」

灰島は堂々と嘘をついた。女性はそれに対して「デヴィウスの……？」と戸惑いを隠さなかった。どうやらデヴィウスの事務所と無関係なわけではなさそうだ。シュラカの契約金などがデヴィウスのオフィスを介しているという話とも一致する。

そこで灰島は二枚目のカードを切る。

「じつは、シュラカの件でお話を伺えれば、と思いまして」

彼女の目にさらなる動揺が走る。

「お……お引き取りください」

ここは押しの強い灰島より自分の出番だろう。

「ちょっとでいいんです。我々はマスコミではありません。研究者です」

「研究の……」

「じつは、昨日益宮橋で発見されたシュラカ作と思われる落書きにつきまして、S区の宇川区長の依頼でこうしてやってきているのです」

「……そうですか。本人はいま寝ていますので話せませんが、私でよければ、わかっている範囲でお話ししたいと思います」

オフィスの中央にある楕円型のテーブルに向かい合って座った。壁に〈フィクショナル

・サイエンス〉のポスターが貼ってあるのが目に留まる。
女性は名刺を差し出した。

「鋳巣デザイン事務所の主任の荏原《えはら》です。私のほかに社員は十人。その下にバイトスタッフが百人ほどいます。鋳巣は、もう最近では会社運営のほとんどを私たちに任せており、表に出て意見を言うことは稀になってきています」

「以前は鋳巣氏も現場に赴くことが？」

「そうですね。昨年まではまだ……しかし、それも今は叶わなくなりました。あの、ひとつ確かめたいのですが、恐らくあなたがたは、シュラカの正体が鋳巣だと思ってらっしゃるわけですよね？」

「ええ、そうです」

「だとしたら、非常に残念なお知らせになるかもしれません」

「と、仰いますと？」

荏原はこちらの反応を窺うように一度黙った。そして、背後をわずかに気にするような素振りを見せてから少し体を前に近づけた。その刹那、彼女の体から少し甘やかな匂いがした。

「鋳巣は、現在視力を失っているのです」

「視力を……失った？」

「つまり、目が見えません。昨年、事故で視力を失ったのです」

「そんな……」

視力がないということは、単なるその事実だけでは済まない。少なくとも、一年前に視力を失ったのならば、益宮橋に作品を残すような真似はできなかったということになるのだ。

ところが、灰島は言った。

「なるほど。あなたが何を仰りたいかはわかりました。しかし、我々は益宮橋に落書きを残した人物に会いたいわけではないんですよ」

「え……？」

何を言っているのだろう、この男は。我々はまさにその益宮橋に落書きをした人物に会いにきたのに。

それとも――自分のほうが思い違いをしているのだろうか？　灰島は確信に満ちた口調で言った。まるで、見えない銃を心臓に撃ち込むように。

「今すぐ、ここに鋳巣崇さんを連れてきてください」

「え、あの、灰島先生……？」

ひどく気まずい沈黙が流れた。荏原さんは、青ざめた顔で灰島をじっと見ていた。が、やがて腹の底から声を絞り出すようにして言った。

「少々お待ちください」

11

いまだ味わったことがないほどひりひりとした沈黙が横たわっていた。

「私に、用があるそうですね」

濃いサングラスをした男が、そう言った。引き締まった軀体は、長いキャリアで培われたものなのだろう。

「ええ、シュラカに」と灰島が答える。

「私はシュラカじゃないですよ」

目の前の男性は口元に笑みを浮かべた。ここへ現れるまで壁伝いでやってきて、椅子の位置も手探りで確かめながらだった。目が見えないというのは、どうやら本当のようだ。

鋳巣崇は目が見えず、したがって益宮橋のアートを手掛けようがない。ということは、すなわちシュラカでもないということだ。だって、灰島は、昨日の作品がシュラカによるものだと断言したのだから。

「いいや、あなたはシュラカだ。浮世絵師・井上球の画風を受け継ぎ、高所で作業ができ、世界中を転々とする財力をもち、権利者から事前許可を取る交渉力もある。そんなことができるのはあなただけだ。それに、あなたがかつて師事した井上球は〈中心などない〉という芸術哲学をもっているらしいですね。これは奇しくもシュラカの主張と一致します」

「ありふれた主張だからね」

「もちろん、あなたには鉄壁のアリバイがあるから、このままシュラカじゃないと言い続けることも可能です」

「鉄壁のアリバイだって……？」

「ええ、そうですよ。おや、その様子だとご存じないらしい」

この時、鋳巣氏の様子は挙動不審というよりは、むしろ単純に不審がっているようだった。灰島が何を言わんとしているのかが本当に理解できないというふうに首をかしげる。

むしろ落ち着きがなくなったのは、それまでじっと脇に立っていた荏原だった。彼女は徐々に手をもじもじさせたかと思うと、強く下唇を噛み始めた。

「一昨日、S駅の真下にある益宮橋にシュラカが作品を残したのです」

「シュラカが……？」

「そうです。もちろん目の見えないあなたにできるわけがない。つまりあなたには鉄壁のアリバイがある。だから、もう我々のほかにあなたを疑いに来る人はいないでしょう」

「……その作品がシュラカのものだというのは確かなのですか？」

「気になりますか？」

「べつに……ただ、まあ、ああいったものには偽物は付き物でしょうから」

「ええ。吟味しましたが、本物です。決め手は、シュラカしか使用しないと言われている撥水スプレーの匂いです」

そう言われて、あっと思った。その証拠を忘れていたからではない。べつのことで、その匂いについて考えたのを思い出したのだ。

「その作品はどのような……？」

「ずいぶんと、シュラカにご関心があるんですね。我々はじつは宇川裕理S区長に頼まれてシュラカを連れてくるように言われたんですよ」

「いいからどんな作品か言いなさい！」

「《二足歩行の犬》が描かれている絵です」

彼は黙っていた。それから、荏原のほうを見た。いや、正確には荏原がいたはずの場所に身体を向けた、というべきか。

「余計なことを……」

だが、すでにそこに荏原はいなかった。

「失礼しますよ。私から聞きたいことは以上です」

灰島が立ち上がった。だが、こちらには一つだけ尋ねたいことがあった。

「最後に私からひとつ聞いてもよろしいでしょうか。シュラカなら、会いたいと言っている区長に何と答えると思いますか？」

鋳巣氏はしばし黙っていたが、ゆっくり息を吸いながら答えた。

「シュラカなら、何も答えないでしょう。もちろん区長に会ったりもしない」

その言葉を最後に、鋳巣氏は引き上げてしまった。


帰りのタクシーで灰島は語った。

「恐らく、益宮橋に落書きをしたのは、荏原という女性だ」

「やはりそうなんでしょうかね……たしかに、彼女からちょっと甘やかな匂いはしましたが……」

腑に落ちない。そうだとしたら、いろいろと合点のいかぬ部分が出てきてしまう。

いや――そうじゃないのか。ようやくからくりに気づいたような気がした。

「なるほど……ようやくわかりました、シュラカは鋳巣崇さんです」

「だが、彼は目が見えない」

「ステンシル技法です。恐らく、元となるステンシルの絵はすでに一年前にできていたのでしょう。それを、実際に壁に貼り付けて、スプレーをかけたのが、彼女だったのです。型紙を切った鋏も同じで、鋳巣氏のアトリエにあるスプレー式塗料や撥水スプレーを用いれば、鑑定結果も当然シュラカとなるわけです」

「さすがだ、シャーロック。それで？　荏原さんはなぜそんなことをしたんだろう？　さっきの反応を見た限り、鋳巣氏の指示ではなかったようだが？」

「それなんですよね……私もさっきから考えているんですが……でも、灰島さんも恐らく今回の作品が、シュラカ自身の意思ではないことを最初から見抜いていましたよね？」

「まあな」

「目が見えない、という情報をあの段階では知らなかったのに、それでも今回の件がシュラカの意思ではない、とわかっていた。それはなぜなのか……」

「ギブアップかね？」

「いえ……もう少し時間を」

「ヒントを一つ。今回だけ違うことがあるはずだ」

今回だけ、違うこと。何だろうか？

今回だけ……。

「そもそもの話になるが、我々はなぜこのように動き回っているんだろうね？　シャーロック」

「それは――あ……」

簡単なことではないか。なぜこんなことを見落としていたのか。

「宇川区長が依頼をしてこなければこんなふうに動き回ってはいません。そして、このように区長がシュラカの存在を究明しようとする動きは、これまでなかったものです」

「なぜこれまではなかったと思う？」

「それは……これまではシュラカのやり方として、陰で合意があったから」

「そのとおりだ。本当にゲリラ的にやったのは今回だけ」

「でも、そこまでわかっても、やはり荏原さんがなぜ今回の行動に踏み切ったのかはわかりませんね……」

「ではこう考えてみたらどうかね？　荏原さんは、無断でやれば違法行為だから問題に発展することくらい想像がつくのに、なぜあんなことをしたのか、と」

「……あえて、したってことですか？」

「ふふ。これは明日までの宿題にしておこうか」

それ以上考えるには、頭が疲れ果てていた。期限は明日の夕方四時。それまでには何とかしたかった。けれど、もう体力が追いつかない。

その時だった。電話が鳴った。知らない番号だ。通話口に出ると、あの宇川区長の声だった。

「いろいろ動いてくれたところ申し訳ないわね。やはり依頼は取り下げるわね」

「え……それはどういう……」

通話はすでに切断されていた。

虚脱感が、全身に襲いかかる。

「どうしたのかね？」

「……飲みましょう、灰島さん」

灰島はその一言で大体を察したように頷いた。

「仕方ないな。寄り添うのがワトソンの役目だからね」

いつの間にか、まどろんだ。目覚めると、雨が降り出していた。窓ガラスに信号が滲んでいた。

研究者として大きく羽ばたくチャンスだったのに……。

あとちょっとだったのに。

12

「目覚めたかな？」

気が付くと、黒猫の部屋にいた。室内にジンジャーとレモンの香りが漂っている。どうやら黒猫が鍋で煮詰めているようだ。白シャツを腕まくりする黒猫の姿を見慣れてずいぶん経つのに、いまだに少しばかり胸の高揚する自分がいる。

「だいぶ飲んでいたようだね」

「うっ……」

またやってしまったか。時計を見る。夜の十二時。最近、だんだん酒に弱くなっている。

灰島を飲みに誘ったのは覚えているのだが、その後が思い出せない。

「灰島先生が僕のケータイに連絡をくれたから駅まで迎えに行ったんだよ」

「わ、私、なにかした？」

「いいや。終始ご機嫌でにこにこしていたね。あと僕の頭を何度かくしゃくしゃにしたが、それくらいだ。あとで灰島先生に礼を言ったほうがいいかもね。君が気分が悪くなるたびにタクシーを降りて、また別のタクシーを拾ったそうだから」

「あちゃあ……うう……穴があったら入りたい……」

と、その時、聞き覚えのある声が耳に入った。テレビの中に、宇川区長が映っている。

「え、うそ……」

ベッドからがばっと起き上がると、まだ頭が痛かった。

テレビでは、一昨日よりもずっと厚化粧をしている宇川裕理区長が映っていた。

〈たいへん残念ではありますが、やはりアートとはいえ、落書きでございますので、この一定期間の展示をもって、シュラカの作品は塗りつぶすことに決定しました。どうぞご理解のほどを〉

黒猫はテレビを消した。

「ひどい……アートとか言って持ち上げてたのに」

「何があったのか、教えてくれるかい？」

「うん……」

一昨日からの流れを、一通り黒猫に伝えた。徒労感に、ときおり溜息がまじり、途中で悔しさに言葉に詰まったりしながら。

　黒猫は聞き終えると、たいへんだったね、とこちらの背中を優しくさすった。

「路上アートなんて消される運命にある。彼らだって消されることは百も承知でやってる。むしろすぐに消されることによって、権力者の在処《ありか》を炙り出すという効果もある。ヴァンダリズムの要諦は、芸術家自体の破壊行為によって、権力者の破壊行為主義を結果的に炙り出すところにある。だが、君は気づいたかい？　さっきテレビに映っていた宇川区長の化粧がかなりいつもより厚かったのを」

「……それがどうしたの？」

「目元の腫れを隠していたのさ」

「え……？　どうして……」

　黒猫は意味ありげに微笑んだ。だが、自分にはその真意が読み取れない。まだ、酔いが残っているせいか。

「あの日は雨が降っていたね。だから宇川区長は傘を差して《二足歩行の犬》の前で写真を撮った。ちょうど、相合傘になるみたいにね。君は気づいていたかな。あのネームプレートは、その地区の不良少年たちによる落書きがたくさんあった。その中にこんなものがあったんだよ」

そう言って黒猫はスマホで例のプレートの画像を拡大して見せた。

大きく映し出されたのは落書きの中にあった〈I♡U〉。アイラヴユーの略だと、思っていた。だが――。

「区長はよく自分は成り上がったと自慢する。鋳巣氏の出身はどこだろうね？　二人が同じ町の出身だった可能性はじゅうぶんにある。むしろ、そう考えなければ、荏原さんがあのロケーションを選んだ理由がわからない。鋳巣氏がシュラカとして活動を始めたのは、社会啓発がもともとだが、そのエネルギーの下には、何らかの約束があったはずだよ」

「約束……？」

「たとえば、いつか世界を解放する、というようなね」

中心からの解放――それはさまざまな中心をもとに形成された国同士の殺し合いから、中心をもたない世界へのシフトを意味したのか。

「そのために彼は覆面アーティストとなる道を選んだ。いつかは彼女の前に姿を見せようと、そう思っていたはずだ。ただ約束の場所に着いたことを伝えるために。ところが、その前に目が見えなくなった」

「それで、現在の恋人である荏原さんが、このままではいけないと思って、よかれと思ってやったのね」

「だろうね。ただし、あの日である必然はあった。何しろあの日、駅前では駅改装の落成式があった。確実に宇川区長に発見される日を選んだんだよ」

「そういうことだったのね……でも、それなら、なぜ鋳巣さんは、区長に会おうとしなかったのかな？　そして、どうして結局区長は依頼を取り消して、絵を消すという選択をしてしまったの？　そんな落書きがあるなら、なおのこと二人にとっての思い出のネームプレートなのに……」

黒猫は「できた」と言って火を止めると、鍋からカップに注ぎ入れ、さらにそこに赤いものを一つ入れた。

「はい、ハニー・レモン&ジンジャー梅干し入り」

「え、何ですか、その何とも言えないネーミング……」

「二日酔いを飛ばすスペシャルブレンドだよ」

「ありがと……熱っ……でもおいしい……」

飲んだ瞬間に身体の芯が熱くなり、臓腑全体がのろのろ動き出す。

「政治の世界にどっぷり浸かった宇川区長なら、かつての〈約束〉がファンタジーに過ぎないと感じていたはず。つまり、現実から乖離した二人だけのトポスになった。だから、その記憶をなきものにするかどうかも、二人の意思で決めることができる。たぶん、君たちが訪れた後、荏原さんの行動を知った鋳巣氏が区長に何らかの意思を告げたんじゃないだろうか。ウィリアム・シェイクスピアは『マクベス』の中で『きれいは汚い、汚いはきれい』と言ったが、記憶と忘却にも、似たようなロジックはある気がするね。覚えているは忘れた、忘れたは覚えている……。忘れるというのは、覚えているってことなんだと思う」

「ふむ……わかるような、わからないような……」

「瞬間の中にある永遠を信じられるなら、忘れてしまったとしても体が覚えている。それでいいんじゃないかな。たとえ宇川区長が相変わらず非情な政治家のままであったとしてもね」

「なるほど」と言ってはみたが、そういうものなんだろうか、と思っている自分もいる。まだ自分には、わからないことなのか。

黒猫はテレビでなお釈明に追われる宇川区長を眺めながら言った。

「君の『悪魔に首を賭けるな』の論文はよく書けていたけれど、今回の一件を経ると、また違った観点が出てくるんじゃない?」

「え……?　今回の一件を経て……?」

「君の論文は、ダミットこそがポオの分身だと捉えていたが、もう半歩進めて、十九世紀末を越えた先の芸術は、〈作者〉自体をも排除したものになっていくことを予見していた作品だと結論付けることもできるんじゃないかな。そのような考え方は、〈中心の喪失〉の発展でもあり、バルトのテクスト論へとつながる道程ともなろう」

「ふむ……もう一回挑戦しようかな……写楽も絡めてもいいかも」

「あの作品は、新聞に載った宇川区長とのツーショットで完成していたのかも知れない。それゆえに宇川区長は塗りつぶすことを躊躇しなかったんだろう。約束は二人の心にあればいい」

「そっか……うん、そうなのね、きっと」

そんな切ないのは、自分なら嫌だな、とも思った。けれど、そこには、そんな二人にしかない崇高な絆があるようにも思われた。それはちょっぴり羨ましいような気もした。

「ああ……せっかく世界を驚かす大発見だと思ったんだけど……この秘密は胸にしまい込むしかなさそうね」

黒猫と肩を並べる、という夢は、お預けになってしまった。しょんぼりしていると、黒猫にそっと背後から抱き締められた。

「君の才能は誰よりも僕がわかってる。焦らなくていい。必ず道は開けるからね」

「……うん、ありがと」

突然大きなステップが来るわけじゃなくても、毎日の積み重ねで少しずつ自分は進歩している。黒猫は、そんな自分の歩みを、きちんと隣で見ていてくれるのだ。

何を焦っていたんだろう？　急に肩が楽になった気がした。そして、改めて黒猫がそばにいてくれることにありがたみを覚えた。

目を瞑る。

悪魔に首を賭けた破壊者と、権力者の姿が、並んで映る。

すれ違って進む二人の心の死角にひっそりと、同じ場所で並んで約束をかわす二人が永遠に生き続けますように。

贋と偽

■実業家

The Business Man, 1840

十五の時に父親の金物店の会計係となった私は、高熱のために三日でその仕事を辞めて以来、職業を転々と変えていくことになる。洋服の街頭宣伝、その次は高級住宅街の一角を買い占めて薄汚い小屋を建て、逆に景観を損なうのを理由に開発業者に高額で買収させる目障り業。だが、これは期待と裏腹に逮捕されてしまう。その後は酔っ払いに絡んで殴らせ、高額な慰謝料を請求する「暴行殴打業」を始めるが、殴られすぎて体に支障をきたすと「泥はね業」へ、さらに「犬泥はね業」へと次々ユニークな職業に転身していく。

果たして、このようにあまりに泥臭く、人間臭い私の型破りな行動の果てに最後に辿り着いた職業とは……。ポオ一流のユーモアが横溢する一篇。

1

研究棟の廊下の窓から階下を見ると、青々と茂った樹の下に学生数名がたむろして年甲斐もなく追いかけっこのようなことをしている。あらあら、と思わず笑ってしまった。大学生と言ったってまだまだこのあいだまで高校生だった子たちだもんなぁと思ってしまうくらいには、自分も大人になったのかも知れない。

黒猫と自分も、思えば学生の頃からの付き合いになる。あの頃とは何もかも変わってしまった。相手を思う気持ちも、態度も。それはもちろん深まったということなのだけれど、同時に思う。これからも変わり続けるんだろうな、と。それはいい変化もあれば悪い変化もきっとあって、そのうちにいい悪いじゃなく、色素が薄くなったり、反対に濃くなったり。そのときどきの気持ちに嘘がないように生きていきたいと思っているけれど、明日の自分は同じことを思うだろうか、なんてことを考えたりもする。

学生の頃の自分から見たら、いまの自分はどう見えるんだろう？　落ち着いちゃって、気取った大人に見えないといいな、と思う。もしも昔の自分に「こんなの私じゃない、偽物よ」と言われたら、どうしようっかな……。

窓からふと廊下に視線を戻す。

思わず「わっ」と声が出てしまった。いつの間にか目の前に黒猫が立っていたからだ。

それもそのはず、今立っているのは黒猫の研究室の前なのだ。

「君が僕の研究室にやって来るなんて珍しいね」

黒猫はそう言いつつドアを開けると「どうぞ中へ」と手招きをした。どうも学内で顔を合わせると以前より他人行儀になってしまう。ふつうの同僚の顔というのが難しくなったせいだろう。

書架の前にある椅子に腰かけた。

「元木《もとき》宗雄《むねお》先生のことでお願いがあるんだけど」

「元木先生の？　何だろう？」

一カ月前の葬儀のことが昨日のことのように脳裏によみがえった。六月の終わりに、元木和《わ》歌《か》夫人の葬儀が行なわれた。死因は、交通事故だった。

「和歌さんの葬儀の時、元木先生の落ち込みようは、たいへんなものだったの」

「だろうね……」

黒猫はあの葬儀を欠席した。海外に出張していたのだ。あの会場での喪服の人々の群れは、嵐の前の海のようにざわついて落ち着きがなかった。早すぎる死の前で、どういった態度が望ましいのか、正解というものがないせいもあるだろう。

喪主は、我が大学の絵画解剖学の権威で、自らも画家である元木宗雄。亡くなったのは、彼の妻の和歌夫人で、彼女も五年前まで研究員としてうちの大学に勤務しており、結婚を機に退職したのだ。

元木教授はいつも蝶ネクタイをしたフォーマルな服装をしているため、学生たちからもっぱら〈ジェントル元木〉と呼ばれている。人見知りでもあり、厭世《えんせい》的なところもあるのに、そのわりに学生たちからの人気は高い。どこぞのハイエナ教授とは大違いだ。皮肉屋でキツいところもあるという噂だが、自分にとっては話しやすい教授でもあったので、結婚の報は素直によかったな、と思っていた。

それが、こんなに早く彼女が旅立つ日が来るとは。運命は残酷だ。かく言う自分も、生前の和歌夫人には彼女が旧姓、神津《こうづ》だった頃からお世話になってきた。修士課程の頃なんかは資料作成で失敗をすると、きまって和歌さんが「いいから任せて」と言ってくれたものだったし、論文の査読のポイントや校正の記号なんかを一通り教えてくれたのも和歌さんだった。

すらりとした鼻、少し憂《うれ》いのある目元に、憧れに近い感情をもつ女子学生も多かった。いつも理性的で、足りないところがある時はすぐに指摘してくれる聡明な彼女が呆気なく研究の世界から身を引いたのは意外でもあったけれど、元木教授ならばきっと幸せにしてくれるだろうとも思ったものだった。

元木宗雄は、西洋絵画のアカデミズムの画法に精通するという意味では、他の追随を許さない研究者であり、実践主義者でもあった。彼は自作において、ヨーロッパのアカデミズムの画法をある種アイロニーを込めて踏襲し続けた。その代表作は、《グランド・オダリスクのお腹》だった。

完璧なまでにドミニク・アングルの手法を模倣してみせながら、作中に独特の皮肉を込める。このやり方は、元木宗雄にしかできないと言われている。だが、その独特の画風は画壇ではやや敬遠されており、もともと理論派なこともあって、現在は教授職のほうが主戦場となっていた。

――お集まりいただきありがとうございます。妻は私の仕事のよき理解者でしたが、とりわけ画家としての私の理解者でした。彼女はよく言っていました。あなたには絵を描き続けてほしい。私はそれを観る者でありたい、と。観る者が……先に逝ってしまってどうするのでしょう？

そこで言葉が切れた。誰もがその先に言葉が続くものと思っていたが、何秒待っても次の言葉が放たれることはなかった。元木教授は嗚咽《おえつ》を洩らしていた。その悲しみが全体に伝わり、方々ですすり泣きが聞こえ始めた。

「あれから一カ月が経ったけど、元木教授はいまだに大学に姿を見せないんだよね。無断休講。さっき事務局の佐々木《ささき》さんが怖い顔でやって来て、まだ元木先生から連絡がないんですがって言うの。だから、週明けまで待ってくださいって……咄嗟に言ったんだけど」

「なるほど。しばらくの間はべつの講師にお願いしたりしてきたが、いよいよ事務局も業を煮やしているわけだ。このままではシステム上問題があるんだろうね。要するに、元木教授が休職届を出したうえで休むか、さもなくば離職届を出すかの二択を迫っている、と」

「そういうことみたい……何度か自宅にも電話をかけてみたけど、まったく出てくれないのよ。昨日は直接訪ねてみたけど、いるのはいるらしいのに、応対してくれなくて。どうも人と会うのが嫌みたい。最愛の人を亡くして、塞ぎの虫にやられているのはわかるんだけど……」

自分も和歌さんに世話になった身だ。元木先生の気持ちもとてもよくわかるが、これ以上の無断欠勤は問題視されるのを避けられないだろう。溜息をつきつつ、黒猫を見やった。

「で、僕に頼みというのは？」

「黒猫は以前、雑誌の対談で山下蟻宇《やましたぎう》と会ったことがあったよね？」

「贋作コレクターの。ああ、一度彼の自宅で対談してるよ。あの屋敷自体は、趣味がよかったと記憶している」

「じつは今度の日曜日、そのご自宅で《贋作展示会》というのがあるらしいんだけど……」

黒猫がそこで組んでいた脚を解き、体を起こした。

「その招待状なら、僕にも来ているが……話が繋がらないな」

「これは、生前に和歌さんから聞いた話なんだけど……じつは山下蟻宇の奥さん、山下優《ゆ》歌《か》さんは、和歌さんの妹さんなの」

「へえ？　あの〈ゆかゆか〉が？　なるほど、道理で最近テレビで見ないと思ったな」

和歌の妹が〈ゆかゆか〉の名でアイドルをしているのは、研究室では有名な話だった。でも、三年ほど前に事務所を辞めたらしかった。

「つまり、そのパーティーには、姉の旦那である元木教授が招かれている可能性が高いわけか」

「そうなの。一緒に、連れて行ってくれる？」

黒猫は、すっくと立ち上がると、尋ねた。

「それで、そのパーティーへ君はどういう服装で行くの？　僕も合わせなきゃね」

2

「くそっ……眩しいな……」

カーテンの隙間から差し込む陽光さえ、好奇心旺盛な野次馬のように思えた苦しい一カ月だった。その間、元木宗雄はひたすら忙しく手を動かしてきた。新作をものするためだった。だが、それをことさらに新作と呼ぶのには気が引ける。何しろそれはただ目的を果たさんがためだけに制作する必要のあった作品だからだ。

しかしその作品が完成してしまうと、いよいよ妻のいない空間に一人でい続けることに苦痛を感じ始めた。かと言って外に出て誰かと話したいという気持ちにもならない。しいていえば消えてなくなってしまいたいのだが、死にたいのとは違うのだ。ただ鉛《なまり》のような感情を抱えて、日に何度か空腹をしのぐためにそのへんに蓄えてあるスナック菓子などを貪《むさぼ》り食うだけで、時間が過ぎた。

だが――それも今日までだ。宗雄は着替えを済ませ、約一カ月ぶりに玄関の外に一歩を踏み出した。

「あら、元木さん、大丈夫？　ずいぶんやつれたみたいね……」

隣の家の夫人が声をかけてくるのに軽く会釈をかわす。それよりもとにかく陽の光がまぶしい。宗雄は鞄を抱えると、顔を背けて歩き出した。

「困ったことがあったら何でも気軽に言ってくださいね」

親切心で言ってくれているのはわかるが、どうにもノイズにしか聞こえない。心はまだ閉じきっている。そのことを、申し訳ないと思いながら、曖昧な頷きで答えて先を急いだ。

ようやく苦しみにピリオドを打つ時がきたのだ。何よりこのままじっとしていれば、職を失う日がそう遠くないこともわかっている。いや、それとももう手遅れなのか。それならそれでいい。とにもかくにもやるべきことはやらねばならない。

向から先は、武蔵野にある山下邸。義妹の優歌もいるその屋敷に向かうのは、まだ三回目だ。一度目は結婚後すぐの親戚同士の顔合わせで。二度目は一年前だったか。絵を買ってくれるというので向かったが、結果は作品に対してまったく的の外れた批評をされて

「悪いけどこの絵は買えないな」と言われただけだった。それで激怒する宗雄を、和歌が必死で抑えて帰ったのが最後だった。

あの時、蟻宇の横にいた優歌は、終始つらそうな顔をしていた。夫の横暴に耐えられなかったというのもあろうが、それだけではないのも宗雄は知っていた。

宗雄は——九年前、アイドルをしていた優歌のファンだったのだ。和歌より五つ年下で、当時二十三歳だった。ある日、ライブの最前列で観戦していた時に、隣に大学で顔を合わせたことのある和歌がいて驚いて話しかけ、そこから付き合いが始まった。

始めは優歌の話題で盛り上がり、それから徐々に結婚を前提に、という雰囲気がしぜんとできていった。歌手ではなく和歌の妹としての優歌と初めて対面した時は緊張したものだ。喉がからからに渇いたのを覚えている。しかも、優歌も宗雄のことを覚えていて、いつも最前列にいてくれた方ですよね、と言ってくれたのだ。

それだけではない。優歌は恐らく自分のことを——。

少なくとも、そう思わせる瞬間が何度かあったのは確かだ。

結婚後、何気ないつもりで山下と優歌を引き合わせてしまったのは、自分たち夫婦だった。今から三年ほど前のことだ。宗雄としては、優歌を早く誰かと結ばせたかった。優歌が自分のことを好いている気配を感じ、どうにも落ち着かなかったからだ。

だが——あんな男とめぐり合わせてしまったのは失敗だった。その点については今でも申し訳なく思っていた。何しろ山下蟻宇という奴は金の亡者で、趣味が贋作集めだという。宗雄に言わせれば、蟻宇にはそもそも真贋を見極める能力がないだけなのだ。それを誤魔化すために、贋作コレクターなどと名乗っている。みっともないったらありゃしない。

だが——もう奴に会うのも今日が最後となるだろう。

「好きなだけ、俺を笑えばいいさ」

宗雄は、胸の中にある使命を秘めていた。

本当は、とても人と会う気分じゃない。なかでも、山下蟻宇のようないけ好かない男と話したい気分では全然ないのだ。

だが、それでも、その目的を果たすためには、そこへ行かぬわけにはいかないのだ。

3

「ええ、お集まりいただきました皆皆様、本日は私の趣味のお披露目を兼ねた〈贋作展示会〉と称しまして、さまざまなコレクションをご覧いただきたいと思います。皆様も私のコレクションを観ているうちに、ふだん自分が芸術と信じているものが根幹から揺らいでくることでしょう。この企みは、ちょっとした芸術の革命なのです」

もったいぶった調子で、山下蟻宇が高らかに宣言した。そのぐでんと突き出た腹を、ベストのボタンたちが必死で支えているとも知らずに。

蟻宇の隣にいる優歌は、今にもその場から逃げ出したいのを堪えるかのようなぎこちない笑みを浮かべている。元木宗雄は、早く彼女に近づいて話したかった。だが、急いてはことを仕損じるという。慎重に進めなければ。

宗雄は中庭に設置された大小十のテーブルに広げられたバイキングの料理には目もくれずに、赤ワインをぐっと飲みほした。誇り高く濃厚な美酒だった。この成金の家にはもったいない。

山下蟻宇がこのような財を築いたのは、さまざまな職を転々とした結果だという話だ。はじめは有楽町の駅前での靴磨きからスタートしたが、そこで社長たちの会話に熱心に耳を傾けるうちにとある企業のお抱え運転手として雇われるようになり、行き帰りの会話で垣間見せた計算高さを見込まれて、その会社の広報を担当することになった。やがて、山下のPR事業を目にした大手IT企業から新規事業の代表取締役をやらないか、と相談を持ちかけられ、その五年後にはそのIT企業全体の社長にまで上りつめたという。

この成功談を蟻宇本人から聞いた時、宗雄はふとエドガー・アラン・ポオの「実業家」という短篇を思い出したものだった。ユニークな職を転々としながら、最後には富豪となる話。後半あまりに奇妙な職業が登場するので思わず苦笑してしまったが、靴磨きがIT社長になったという話に、宗雄はその話の滑稽さに通じるものを感じていた。

思うに人間というのは、何に固執するかなのだろう。金持ちになりたいとは大抵の人が願うことではあるが、ではそのために実際何をするかといえば、自分も含めて取り立てて何かするわけではない。だが、本当に金持ちになるぞと腹を決めた奴は、どんな手段を使ってでも、どうにかこうにか金持ちになろうとする。その信念たるや凄まじいものがあるのだ。この山下蟻宇という男を見ていると、自分なんかは金には全然無頓着なのだな、と気づかされる。

今日だって、蟻宇はパーティー会場に着いた瞬間にスーツ姿を上から下まで眺め回し、「宗雄、和歌さんが亡くなって心が乱れているのはわかるが、もう少し服装には気を使ったほうがいいな。あと靴。スニーカーは駄目だ」とか何とか。

宗雄はそれを黙ってやり過ごした。なぜ蟻宇がこんなにずけずけと物を言うのかと言えば、高校時代からの腐れ縁だからだ。こっちのほうでは仲間とも思っていないのに、贋作コレクターを名乗るようになってからは、いっぱしの美術評論家にでもなったつもりか同業者に知り合いを見つけたかのような顔で宗雄に声をかけてきた。

しかし、さすが商魂たくましい男。富豪であることをネタにテレビなどにも出演したことをきっかけに、贋作コレクターという肩書きにもならぬ肩書きをわが物としてしまったのには恐れ入った。

その肩書きのおかげで、蟻宇のホストという形でテレビ番組の司会依頼があったりもしたが、画家としての名声を利用されていると気づいてからは距離を置くようになった。むしろ蟻宇と関わったことは画家としての評価を著しく下げたと言ってもよかった。蟻宇は平然とカメラの前で画壇を罵倒するような発言を繰り返した。宗雄はつねに苦笑まじりに見守ることしかできなかった。そうすると、いつの間にか画壇のなかで、宗雄も蟻宇と共犯というような目で見られるようになってしまった。それ自体には反省もなくはない。もっと自分の意見を主張するべきだった。そう思ったからこそ、番組の降板も自分から申し出て、距離をとろうとした。

だが、そんな宗雄の心理に頓着しない蟻宇はいつでも親友気取りのままだった。優歌を紹介したのだって、成り行き上仕方なくだった。あれこそ、人生最大のミスというものだろう。結婚後、優歌はまだ姉から心が離れておらず、しょっちゅう宗雄の自宅に遊びに来ていた。そこへ、蟻宇がやってきてしまったのだ。いまは来客中だから、と断ったのだが、蟻宇は、酒をもってきたからその客にも振る舞いたいなどと言って聞かなかった。

そして――。

――ほほう？　これはこれは。どういうことだ？　言いたいことはわかった。宗雄がアイドルの〈ゆかゆか〉のファンだったかのような顔で言う。

そして、奴は二人だけになると宗雄にこう囁いた。山下は知っていたのだ。

――なるほどなあ。ゆかゆかへの未練でその姉と結婚かぁ。

――それは違う。誤解だ……。

――俺が何年おまえとツルんでると思ってるんだ？

――コンビみたいに言うなよ。

――じゃあおまえ、俺がゆかゆかちゃんを好きになっても構わないっていうんだな？

――好きにしろよ。おかしなやつだな。俺はもう所帯をもってるんだぞ？

その言葉を蟻宇は笑った。

――後悔するなよ？　俺は贋作コレクターだが、こと女に関しては本物にこだわるんだよ。

暗に和歌と優歌を比べるような物言いが癇《かん》に障った。だが、何も言わずにおいた。どうせ、優歌が蟻宇の手なんかに引っかかるわけがないと高をくっていたのだ。

ところが――優歌はなぜかあっさりと蟻宇と結婚するはこびとなった。あまりの急展開に、さすがに和歌も宗雄も面食らったものだ。

――君は本当にいいのか？

尋ねると、優歌は微笑んだ。

――どうせ宗雄さんとは無理だもんね。

宗雄は何も答えなかった。答えるべき言葉の持ち合わせがなかったのだ。その二ヵ月後、実際に優歌は挙式を迎えた。

あの時、何と言えば、二人の結婚を止めることができたのだろう？　結局のところ、そんな方法はなかったのかも知れない。

いや、そんなことはどうでもいいのだ。

問題は――いかに彼女をここから連れ去るのか。

それだけが問題だった。

今、屋敷には百名近い人間が集まって、方々で話に花を咲かせ、邸内に飾られた絵画の前で何やら品評会めいたことが行なわれている。それぞれ名うての著名人ばかりの集まりにあって、宗雄は研究者としても画壇から画家としても爪弾き状態にある自分は場違いだと感じていた。もう生きている価値もない。

ほしいのは——彼女だけ。

彼女さえ手に入れれば、何かが変わるかも知れない。

だが、その時、宗雄は人ごみの中に見知った顔を発見して凍り付いた。

なぜあの二人がここに？

「なぜ今日にかぎって……まずいなぁ……」

4

「ねえ、本当に元木教授は現れると思う？　だって喪中だし……」

あたりをきょろきょろ見回すが、蝶ネクタイを着けた紳士は見当たらない。それとも今日はまったくべつのコスチュームにしているのか。

それにしても立派な屋敷だ。全体に不揃いな石の手触りを残しつつ水平線を強調したオランダのモダニズム建築の流れを汲むもので、シンプルなのにどことなく自然のもつ温かみを感じられる。行きにタクシーが道を間違えて遠回りをしたおかげで、敷地北側からこの巨大建築を望めたのは僥倖だったかも知れない。中庭に面した側とは違って、反対から見ると、この建物はちょうど丸い目をした優雅な曲線美を誇る怪物に見えるのだ。周囲の生け垣のせいもあってちょっとした野性味さえ感じられた。また屋敷の内装が青と白で統一された洞窟のような雰囲気なのも嬉しい。地味な美術館で絵を見るよりは、魅惑的な体験になりそうだった。

黒猫は久しぶりにオールバックに燕尾服という、心ひそかに待ってましたと叫びたくなる出で立ちで中庭をぐるりと見回した。それから執事らしき老紳士が運んできたワイングラスを手にとり、まじまじとこちらを見やった。

「赤のドレスでも、こういう趣向のは初めてだね」

「あ、うん……母が勝手に買ってきたの」

背中が大きく開いているので普段あまり着る機会がないのだが、こういう舞台だと聞いて悩んでいたら母に勝手に衣装を決められてしまったのだった。

「よく似合ってる。そう、それで、元木教授だけどね、たぶん、もう来ているはずだよ」

「え……どうしてわかるの？」

「さっき受付で名前を書いたろ？　あの時に、前のページをそれとなく確認しておいた。すでに彼はここにいる」

「そうなの……でも、どこにも見当たらないわね」

「まあゆっくり探せばいい。それより、まずは贋作コレクションでも楽しもう。僕は一度ここを訪れたことがあってね、だいたいの作品は知っているんだが、もう一度見るに値するのはわずかだから、数分でぜんぶ見て回れるよ」

「黒猫、聞こえるわよ」

「聞こえたっていいさ。山下さんは僕がどう思ってるかは知っているよ。数点は見るに値するものがある、と言っただけでも彼は喜んでいた。自分でもそういう認識なんだろう」

「そうなの？　てっきり贋作蒐集《しゅうしゅう》に誇りをもってるのかと思った」

「誇りなんて高尚な感情は、彼には無縁だ。すべてはゲーム感覚なのさ。そもそも、真贋さえ我々の主観に過ぎない、と山下さんは考えている。だから、彼にとっては我々美学者のような存在は、本当にまやかしに見えているんだろうね」

「でも、本来なら偽物に価値はないと思うけど……」

黒猫はワイングラスを卓上に置くと、プリンのカップを手にとって一口食べたが、すぐにまた持ち替えてワインを飲んだ。プリンとワインとはまた衝撃的な組み合わせだ。

「それはどうだろうね。たとえ作品が偽物でも体験としては本物ということはあるだろう。贋作によっては、本家よりも本家の様式を見事に体得している場合もある。ただ、情報の貼り方としては誤りだが」

「つまり、ゴッホの贋作で感動した場合、その芸術的体験は本物だから、〈ゴッホの作品〉という偽のラベルさえなければ問題にはならないということ？」

「いや、問題ではあるよ。構図などが実際の絵画に倣《なら》っているならよけいに、その感動は本来、本家に帰属するはずのものだ。ただ、複製画は一般に流布《るふ》しているわけだ。本家に帰属されるべき感動を搾取したことが問題というなら、本来、複製画も問題でなくてはおかしい」

「ああ……たしかに」

複製画とは、もとの本物の絵を参考にして模倣されたり再現されたりした絵のことだ。贋作も複製画も偽物であるという意味では同じなのだ。

「でも、複製画には犯罪性は伴わないでしょ？　著作権許諾がとれていれば。一方、贋作は明らかに人を騙すために描かれている」

「そうだね。社会的に見れば贋作は悪だ。罰せられるべきだろう。だが、それは飽くまで社会的にであって、芸術の体験の場から追い出していいのかというと疑問が残る。オットー・ヴァッカーによる贋作というものが二十世紀前半に大量に出回ったことがあるが、その作品で感動した人々の体験を美術界が奪っていいわけはないんだ」

「なるほど。思いのほか贋作にも価値があるのね。それなら贋作コレクターという肩書きも面白いのかも」

「ただこの贋作という概念も非常に難しい。まず騙される側の契機というものがある。誰がどの段階で騙されたのか。美術館が騙されたケースもあれば、コレクターや美術商が騙されているケースや、評論家が騙されているケースもある。そして、誰もが騙されている贋作というのもあるわけだ」

「誰もが騙されている贋作……？　それって……」

「本物、だよね。誰も偽物だと思ってなければ、贋作であっても贋作ではなくなる。ネルソン・グッドマンは『芸術の言語』のなかで贋作論を展開しているが、それがまたかなりややこしいんだ。グッドマンによれば、いま言ったような誰もが本物と思っていても実際には偽物である作品Aと、正真正銘の真作Bが真贋の見分けがつかずとも意味を為すという状態を〈自筆的〉と呼んでいる。

一方でオリジナルが存在しないような作品、たとえばハイドンの作とされていた他作者による楽曲のようなオリジナルと贋作の対比ができないものを〈他筆的〉と表現したりしている。いずれにせよ、贋作とオリジナルは優劣を前提としていない、というのがグッドマンの考え方なんだよ」

「つまり、場合によっては、オリジナルより価値があるってこと？」

「だろうね。これは贋作が騙される側の契機だけでなく、制作側の契機も関わっていることにある。作者自身による贋作というものもあれば、贋作を意図しない贋作というのもある。たとえば十九世紀にマネの絵に感動した画家が、憧れて模倣して描いたとする。それが死後に発掘され、マネの絵と間違われる、というケースが起こる。これなんかはたとえ贋作でもまったく犯罪性はないし、むしろその無名の画家の才能の一端を感じさせもする貴重な資料でもある。贋作とわかってからも、価値が出るケースもある」

「なるほど。山下さんのコレクションの世界も、そう考えると奥深いのね」

「彼は自由だ。あまりにお粗末な贋作も喜んで蒐集するし、稀にうっかり価値あるものも拾い上げてしまったりもする。総じて贋作が好みらしいが、そこらへんは執念を感じるね」

「執念？」

「この地位を築くまでだいぶ苦労したようだからね。中でも、若い頃の彼を雇っていた社長さんがたいへんな美術コレクターだったというエピソードは有名だね。なんでも、その社長さんが山下さん相手に贋作を見せて、それに感動している山下さんをさんざんコケにしたらしいんだ。それ以来、美術蒐集家なんてろくなもんじゃない、という確信を得たらしい。まあ、僕はその達観には疑問を感じるが、本人がそういうモチベーションでここまでやってきたんだから、それはそれでいいんじゃないかと思うね」

黒猫は無責任にそんなことを言いながら、今度はババロアのカップを手に取り、持ったまま移動を始める。

「一つ、君に見てほしい作品がある」

そう言って案内したのは、邸の一階で最も面積のある大広間の中庭寄りの壁面にかかった作品だった。

「最近までフェルメールの作品ではないかと噂され、オリジナルの存在しない贋作だと認定された作品なんだが……《オニキスの指輪をした女》というタイトルがついている」

その絵は美しい女性の振り返る姿が描かれていた。見れば、たしかに彼女は手前で組んだ掌の薬指に黒の縞瑪瑙《めのう》の指輪をしている。

「フェルメールの絵に《真珠の耳飾りの少女》という絵があって、モデルの見返りの角度もそれに近いため、その習作なのでは、と言われていた」

「いまどきは測定器もかなり精度が上がっているから贋作といっても難しそうね」

「まあね。ただ、実際には測定器をすぐに用いることはあまりない。まずはカンバスや絵の具の状態を目視で確認して当時のものであるのか、あとは当時の様式で、その画家の画法かどうか。それと、来歴だね。来歴はけっこう重視される。この画家がいつ頃に誰のためにこれを描き、それが誰にわたり、今日までどこに保存されていたのか、という道筋だね。

この絵も危うくそのまま全世界に本物として発表される手前だったが、来歴がなかった。まあ、カンバスの状態も疑問視はされていたようだね。近年の作品なんじゃないかって」

「なるほど……実際にはいつくらいに作られた作品なのかしら？」

「それはわからないが、案外有名な贋作画家によるものかも知れない。それこそ、ハン・ファン・メーヘレンとかね。メーヘレンなら、フェルメールの贋作はお手の物だ。実際、間近でみても絵の具に関しては僕も騙されかけた。恐らく、メーヘレンがやっていたように、フェルメールと同時代の無名画家の絵画の絵具を削り落として使用したんだろう。ほかにも道具を何から何まで当時と同じものを用いたに違いない」

「ふうん……すごい凝り具合ね」

実際、本物のフェルメールであってはいけないのかと疑問に思うくらい人を強く惹きつける絵だった。その女性の見返り姿自体がまず魅力的でもある。つんと高い鼻、耳の下にある黒子《ほくろ》、伏し目がちの二重瞼《ふたえ》がそれぞれ気品があり、同時に憂いも感じさせ、慈愛のようなものも滲み出ている。その点では《真珠の耳飾りの少女》よりも、モデルとなった女性自身の包容力のようなものを感じる。

「この絵は、フェルメールの作品ではないかも知れないが、それでも価値のある贋作には違いない。贋作は、贋作ではあっても、偽物ではないんだよ」

「贋作ではあっても、偽物ではない……ふうむ、なるほど」

黒猫の言うとおり、贋作の世界は奥が深すぎて頭がくらくらしてきそうだった。古美術商のような世界は怖すぎて近づく気にすらなれない。いっそ、山下蟻宇氏のように贋作蒐集家と名乗ったほうが潔いような気さえしてしまう。

と、同時に、ふとポオの「実業家」が浮かんだ。あの話では、男が職業を転々とし、最後は猫の飼育業に落ち着く。野良猫被害に悩んだ国が駆除の法令を出し、尻尾を切り取って持ってきたら賞金をくれるというので、猫を自分で飼育し、尻尾を切ってはまた持っていく、という何とも眉間に皺の寄りそうになる話だった。

「その顔は、ポオの『実業家』を思い出したね？」

まったくもって、すぐに読まれてしまう。もう最近ではいちいち驚いてはいられないので、まあね、と返しておいた。

「あの結末は、偽物でお金をつかむ話だったなあと思って」

「ふふ。甘いな。あのテクストはそんな簡単な話じゃないよ」

驚いて聞き返そうとした。が、その前に、黒猫が絵に視線を落としたまま小声でこう言った。

「ところで、気のせいかな、僕はいま視界の片隅に、元木教授を発見したような気がしたんだが……しかもいつもより幾分ラフな姿の」

「え？」

5

元木宗雄は息を潜めていた。彼らに見つかってはすべての計画が台無しとなってしまう。彼らがいまいるのは、大広間だった。宗雄がそこに向かおうとしたら、彼らがいたので慌てて隣室に隠れた。

ここは通常、客間とされている場所。この邸宅には客間が全部で八。大広間、夫妻の寝室、蟻宇の書斎、蒐集品保管部屋のほか、トイレ、浴室が各階に二つずつの計四つ。それと大広間に隣接した大型キッチンが一つ。それから住み込みの従業員に与えられた離れが一棟。

今回、オープンスペースに利用されているのは、そのうち寝室と書斎、従業員の離れ、水回りを除く十部屋だった。かくれんぼをするには、かなり自在な空間だ。

宗雄は一時的に身を隠した後、なるべく人気がまばらになるタイミングを待った。やがて、鈴が鳴った。

「皆さん、お集まりください」

号令をかけているのは、山下家の執事。彼は中庭で鈴を高く掲げ、全員の注目を集めている。

ビンゴゲームが始まるらしい。チャンスは今しかなかった。ちょうど宗雄が客間から大広間へと戻ったタイミングで、優歌がキッチンから現れ、宗雄に気づいた。

その目は、初めてネットの動画で歌う姿を見たときと変わらぬ天使のそれに見える。

「宗雄さん……来てくださったんですね……嬉しい。ずっと心配していたんです。この一カ月、ずっと」

「心配かけたね……」

「いいんです……元気そうでよかった……」

優歌は泣き出し、宗雄の肩にすがった。今にも抱きつかんばかりだった。自分が腕を回しさえすれば、そうなったのだろう。

ことを起こさなければ、と宗雄は内心で焦っていた。その焦りを読むようにして、優歌が言った。

「わかってます。どうしてここへ来てくれたのか。連れ出してください。私はそれでいいんです」

「本当に、いいんだね？」

「ええ。もちろん。初めから、あなたのものですから」

「……ありがとう」

宗雄は初めて、優歌の頭を撫でた。彼女に対する自分の感情をどう思うべきかを考えた。初めて彼女を見たときの高揚感。それはたしかに妻に初めて感じたのとはまったく種類の異なる感情であったのだ。

「どこから連れ去ればいい？」と宗雄は尋ねた。

宗雄はその額に軽く触れてから、そっと抱き上げた。今ならこんなふうに堂々と行動しても、人々は皆中庭でのビンゴに夢中だ。今のうちに連れ去るしかない。

この屋敷の構造を、完全に理解しているわけではなかった。ましてや今日は人が多い。視線を掻い潜って連れ出すとなれば、それなりの安全策を取らなければなるまい。

「ついてきてください」

宗雄は、強く頷いた。

もう、ここへ戻らないことだけは、確かだった。目の前を進む優歌の後ろ姿は、初めて自分が胸をときめかせた時よりも大人びて、まるで縞瑪瑙の石のように輝いていた。この姉妹は本当に美しい髪をしている。

やがて二人は二階の寝室の前に辿り着いた。

「ここは……」

宗雄は彼女の少しいたずらっぽい表情に、わずかにたじろいだ。

「あなたに、すべてを委ねます。本当に大事にしてくださいますね？」

「もちろんだとも」

ドアが、音もなく開いた。

その木製のドアの向こう側は、夫婦にしか許されていない空間であるはずだった。その先へ通すということが、どれほどの勇気の要る決断であることか。

だが、ドアを閉め鍵をかけると、二人とも安堵を嚙みしめるように黙った。これでいいのだ。これで。

そんな二人を、壁に飾られた絵画が見守っている。三人の男女が、楽器を演奏したり歌ったりしている絵だ。

優歌が、宗雄に抱きついた。

「とうとうこの日が……」

宗雄は胸の中で震えている優歌の背中をそっと撫でた。その華奢な体が、ほんの数年前まではステージの上で生き生きと飛び跳ね、多くの観衆を魅了していた。もちろん、宗雄の心も。

「……覚悟は、できています」

優歌の心を思うと、宗雄は複雑な気持ちになった。このまま連れ去ってしまっていいのか。だが、そうしないという選択肢は、残念ながら宗雄のなかにはなかった。彼女と生きる。この一カ月、考えに考えた末の行動なのだ。

優歌の体が離れ、ベッドへ向かって歩き始める。

宗雄は、意を決するように優歌に続いた。

6

まったくこの家のご主人様ときたら、物好きが過ぎるのも困りものだわ、と島村《しまむら》は一人ごちた。ここの家政婦になってはや十年が経とうとしていた。ここまで山下邸が発展してきたのも、自分の功績だと彼女は思っていた。蛾宇が贋作コレクターを名乗るようになってからは、作品の管理を一手に引き受け、直接日光が当たらないように配慮したり、まめに埃を払ったり、温度と湿度の調節にも気を付けたりと、蛾宇本人の無頓着さを補うべく細心の注意を払ってきた。

それを三年前にあの小娘が現れたあたりから、ご主人様は自分を邪険に扱うようになったのだ。何でも彼女の言いなりになって意見を決める。贋作コレクションが島村一人では管理しきれないほどに急増したのもこの三年くらいだろうか。

今日のパーティーだって、「素敵なコレクションもお披露目する機会がなくては宝の持ち腐れよ」とかなんとか言いくるめたのはあの優歌という女だったのだ。大勢がコレクションを見に来れば、絵を傷つけられる恐れだってあるというのに。

「ふん、どうせ招待客のなかに目当ての男でもいるんでしょうよ」

お世辞にも山下蛾宇は色男とは言い難い。あんな見ためがいいだけの尻軽女がご主人様を好くなんておかしいとずっと思っていた。きっと財産目当てなのだ。そして、今日こそあの女はぼろを出すに違いない。

島村は優歌という女の正体を暴きたいと監視をしながら、一日を過ごしてきた。もちろん風呂桶いっぱいほどのマリネサラダや冷製スープ、バジル風味のマッシュポテト、オマールエビのパエリア、自家製燻製《くんせい》ソーセージその他を用意しなければならず、準備はここ数年でもっともハードだった。だが、家政婦は島村のほかに三人いて、いずれも島村より年が若いので、島村はリーダー的な存在だ。あとは彼女たちに任せてしまえばいい。

　このお屋敷は本当に居心地のいい素敵な場所なのだから、あの女さえ追い出してしまえば、この大豪邸を自宅にしたも同然だ。何しろご主人様は外泊が多くてらっしゃる。よそに愛人も多いようだから、この邸宅は自分に与えられた財産のようなものなのだ。

　さてさて、あの女め、どこにいるのだろう、と探していると優歌が厨房に入ってきた。今日はひときわ装飾過多な服装だ。まるで毒々しい電光掲示板みたいじゃないの、恥ずかしくないのかしら。昔アイドルをしていたらしいから、永遠にアイドルでいたいのね、きっと。

「島村さん、料理の準備はどう？」

「一通りすべて終わりました」

「量は足りそう？」

「余るくらいに」

「素晴らしいわ。それじゃあ、悪いけれど、執事の中川《なかがわ》さんに声をかけてきてくださる？

そろそろビンゴゲームに入ったほうがいいと思うの」
「ええ、言われなくてもそうするつもりでしたわ」
「あら……ごめんなさい。私、気分を悪くさせてしまったのかしら」
「いいえ。ただ奥様は私共にご指示をお与えくださっただけです。ご指示をね」
生意気な小娘だこと。島村は内心でそう思いながら鼻息荒く中庭に向かった。そうして
中川にビンゴゲームに取り掛かるように伝えた。中川は島村より前からこの屋敷に勤めて
いる。勤続年数をはっきり聞いたことはないが、山下が現在の職に就くより前だというか
ら、相当長いキャリアなのだろう。年齢も七十近いのではないか。
指示を伝えられた中川は「優歌さまのご指示ですね？　かしこまりました！」と声を上
ずらせた。この執事まですっかりあの小娘に心を奪われてしまっている。
やれやれ、と思いながら島村は、中川が鈴を鳴らしてゲストを呼び集めるのを見守って
いた。予想していたよりだいぶ早くに人々は中庭に集まってくれた。まさにそのタイミングで信じられないものを目撃し
たのだった。
「あの小娘……お屋敷の中であんな……」
優歌が男性を引き連れ、小走りに東寄りの客間と客間の間の細い通路を進む後ろ姿が見

えたのだ。あれは、彼女の姉の夫ではないか。

あの先には二階へと続く階段があるのみ。

二階には五つの部屋があるが、うち三つの客間へは、べつの通路の階段から行かねばならない。つまり、あの階段を使うなら、向かうべき場所は二カ所。一つは蟻宇の書斎。もう一つは夫婦の寝室だ。

あの娘――大胆にも夫婦の寝室に男を招く気？

「なんて破廉恥《はれんち》な……」

島村は貧血を起こしてしまいそうだった。これは一大事。すぐに蟻宇に知らせなければ。

中庭の人ごみに目をやり、ご主人様はどこだ、と探した。いた。蟻宇は来客と楽しげに雑談している最中だ。こういうときに話しかけると大抵嫌そうな顔をされるのだが、いまは時を選んでいる場合ではない。

「お話し中に失礼致します」

「どうした？」いつもの濁声《だみごえ》で尋ねる。「島村……顔色が悪いぞ。今日はおまえも楽しんで……」

「お耳に入れたいことが」

その深刻な表情をみて、すぐに蟻宇は事態が芳《かんば》しくないことを悟ったようだ。来客に

「しばしビンゴをお楽しみください」と言い残すと、その場を離れた。

「どうしたんだ？」

「奥様が、寝室に男性を招いた可能性が……」

「まさか、バカなことを……そいつの顔は見たか？」

「申し上げにくいのですが……宗雄さまであったように思います」

「ほう？」

そう聞いた瞬間、蟻宇の額に汗が浮かび、顔には怒りの色が浮かんでいた。

「おまえは通常業務に戻れ。私が探す」

「旦那様が……？　しかし……」

「いいから戻れ！」

その時の蟻宇の剣幕はあまりに激しいものだったので、島村としてもそれ以上言い返すことは叶わなかった。蟻宇にすればきっとプライドが許さないのだろう。

と、そこで執事の中川の声が全体に流れた。

「それでは、今回のプレゼンターである当家の主人、山下蟻宇よりビンゴの読み上げを行なわせていただきます」

この進行自体は前日に蟻宇自身が取り決めたものだったとはいえ、あまりに最悪のタイミングではあった。

「くそ……」

蟻宇は青ざめた顔で中庭の中央へと向かって歩き出した。

だが、一人の若者が、蟻宇に近づいていく。

黒い燕尾服のその青年はまるで専属の医師か死神のように、蟻宇の切迫した心理と相反するような安定感を醸し出していた。

7

「どうかされましたか？　山下さん」

黒猫がこんなふうに声のボリュームに配慮しつつ、積極的に誰かに声をかけるのは珍しいことだった。何かのっぴきならない事態を把握したということに違いなかった。

「……これは、黒猫くん……」

「よほどの事情を抱えてらっしゃる。さしずめそれは、ご家族に関する問題。違いますか？」

「僕なら、探し物を見つけるのは得意です」

「うむ……手短に言う。妻の姿が見えない。まだこの屋敷のどこかにいるはずだから、探してもらえるかね？」

「屋敷にいる確証が？」

「出入口は玄関だけ。玄関には受付の者がいる。彼女が出て行けばすぐに気づく」

黒猫は何か言いかけたが、その言葉を飲み込んだ。

「わかりました。では後ほど」

「家政婦は……二階の寝室に向かったのを見たというが……私は信じていない」

「おひとりで？」

山下は気まずそうに俯き、首を横に振った。

「いや……君の大学の教授、元木宗雄と一緒だった、と」

黒猫はその言葉を吟味するように目を閉じた。

「いや、きっと何かの勘違いだろうがね。家政婦の奴、私と宗雄が仲が悪いのや、彼がアイドル時代の優歌のファンだったのを知っているから誤解しただけだとは思うが……くれぐれも他言はしないでくれ。身内の恥だ」

彼はこちらにも目を向けて言った。黒猫と自分がセットだという認識はあるようだった。

「もちろんです」

黒猫の返事に、山下は頼もしさを覚えたものか、黒猫の肩を叩いて輪の中央へ向かった。

黒猫は屋敷へと踵を返した。

「君ならどう考える？」

すぐに黒猫の後を追いかける。

「……まずは寝室を当たる、かな」

「ではそうしよう」

黒猫はこちらを試すように言うと、颯爽と歩き始めた。昔から、人ごみを歩くときの黒猫は不思議だ。人ごみのほうが黒猫をよけているように見えるのだ。

目指すは大いなる贋作の要塞。山下邸。この中から、果たして優歌夫人を見つけだすことはできるのだろうか？

「寝室はたしか東側にある階段を上った先の突き当たりだと以前山下氏から聞いたことがある。つまり、建物の北側だね。まず君は東側の通路をまっすぐ行って突き当たりの階段を上って、二階の寝室及び書斎を調べてほしい」

「え、黒猫は一緒じゃないの？」

「僕はほかの部屋を調べがてら、家政婦に話を聞いてくるよ」

「わかった」

見知らぬ邸宅を一人で嗅ぎまわれと言われて、急に心細くなった。だが、この際四の五の言っているわけにもいかない。優歌夫人が消えたということは、何か身の危険があるということも考えられる。

それにしても――なぜ元木教授が一緒に？

通路の端に着くと、細長い階段を上って二階へ。まるでモロッコのシャウエン旧市街のように床、壁、天井のすべてが青と白で構成された空間が続いている。贋作コレクターとしての山下の感性については黒猫はあまり評価していないようだが、この屋敷の建築依頼を受けた建築家は恐らく優秀だったのだろう。幻想的な空気に、まるでフェルメールの絵画の中に迷い込んだような錯覚に陥りそうになる。

二階に上がると、木製のドアが二つ。一つは右手前に、もう一つは左奥に。右手前のドアはすでに開いており、中には雑然と書類の山が見える。ここが山下の書斎のようだ。念のため灯りをつけてみるが、誰もいないように見えた。

電気を消し、奥のもう一部屋へと向かった。

だが、その部屋はドアノブがまずぴくりとも動かない。内側から鍵がかかっているのだ。

この部屋のドアは鍵穴さえない。内側からのみ施錠が可能なようだ。

つまり――中に誰かいるのは間違いないということ。

すぐにノックしてみたが、反応がない。

「優歌さん？　開けていただけませんか？」

中からはやはり返事がない。

ドアにそっと耳をつけてみた。二人の人間がもしも内部にいるのなら、何らかの物音がしそうなものだが、そのような音は聞こえてこない。

誰もいないのか、それとも――。想像してしまったのは、最悪の事態だった。さっき、山下は元木教授と仲が悪いと言っていた。それに、山下は、元木教授が以前から本当は優歌のことが好きだったのでは、と疑っている様子があった。

元木教授は、一ヵ月間も大学勤務を無断で休んでいた。ある意味で、捨て鉢になっていたのだ。そんな彼がこのパーティーへ参加したのは、よほど何か重大な決意を胸に秘めていたからだろう。

まさか、やけを起こして優歌さんを殺害、なんてことは……。

自分で考えた妄想をすぐに頭で打ち消す。元木教授に限ってそんなことをするわけがない。だが、そう言い切れるほど元木教授のことを知っているのか、と言われるとわからなくなる。

不幸のどん底にあるなかで、姉妹だし和歌さんと似たところも当然ある優歌さんと幸せに暮らしている山下さんに憎悪を向ける。そして、自分と同じ目に遭わせてやろうと優歌さんを亡き者にする、とか？　発想は行き過ぎている気もするけれど、なくはないという気もする。

あれこれ考えていると、背後から黒猫がやってきた。

「他の部屋も見てきたが、どこにもいないようだ」

「邸宅からすでに出ている可能性はないのよね？」

「なさそうだね。少なくとも、出入口は一ヵ所のみ……。いま、そこで家政婦の島村さんに会って聞いたのだが、優歌さんと元木教授がこの階段を上っていくのを見たのは、ビンゴゲームの始まる直前のことらしい。ということは、本当についさっきまで二人は邸内にいて、二階に上って行ったということなんだ」

「それじゃあ、ますますこの寝室以外には考えられないのね」

「だが、君の様子を見る限り、そのドアは開かないわけだね？」

「びくともしない。しかも鍵穴もないの」

「内側からしか施錠のできないタイプか」

恐らく、ラッチ受けに当たると引っ込む三角形のラッチボルトがなく、施錠と連動したデッドボルトのみがあるタイプのドアなのだろう。

つまり、鍵がかかっているのは、中に人がいる時。

「この中に、誰かがいるのは間違いないと思う。でも何度呼びかけても返事がないの」

「ふむ。中に人がいて、その人が呼びかけに反応しない理由は何かわかるかい？」

「死んでいる場合」

「いま、まさに君はそれを心配しているわけだ。そうだね？　つまり、元木教授が優歌さんを殺してしまったのではないか、と」

「うん、そう。だからとても怖いの」

「ちなみに、家政婦の女性に聞いたんだが、この寝室には窓はないそうだよ。それどころか、屋敷の北側には窓は一つもないのだそうだよ」

「え、そうなの？」

何かが、引っかかった。なぜだろう？

「少なくとも、彼女はそう言ってる。つまり、この部屋に入ったら最後、ドアから出る以外に方法はない」

「え……でもそれは……」

「そう。有り得ない。二人が入って、仮にどちらかが殺されてもう一人が出て行ったのだとしたら、ドアの鍵は開いていなければならない。ところが、鍵はかかったままだ。つまり、もし殺人が起こったのなら、犯人もまた室内に閉じ込められていることになる。果してそんなことがあるだろうか？　いまだに犯人はこの中で息を潜めている？」

「……わかった。これ、心中なんじゃないかな。優歌さんと元木教授は昔から愛し合っていた。それで、もともと今日、この部屋で死ぬつもりでやってきて、ドアに鍵をかけ、二人は薬を飲む――」

「馬鹿も休み休み言いたまえ」

突然、背後から濁声がこだました。現れたのは、山下さんだった。

「優歌にかぎってそんなことは有り得ない！」

「ビンゴゲームのほうはよろしいのですか？」

「途中から執事に任せてきた。それより、どうかね？」

山下の顔には明らかに焦りの色が濃く刻まれていた。

「ほかの場所にはいません。いるとすればこの中。あとは、邸の外に出たという可能性ですが、家政婦の島村さんがこの階段を上っていくのを見たのがビンゴゲーム開始の数分前となると、この二階の二部屋のどれかの窓から逃げたことになります」

「書斎の窓は無理だな。あれは中庭に面している。あれほどの人だかりのあるなかで、窓から飛び降りればたいへんな注目を浴びることだろう。そして寝室に窓はない。私は昼夜逆転して眠ることもしばしばだ。陽光によって目が覚めるのが好きじゃないからね。寝室に窓は要らなかったんだ。そもそも北側だし、陽も入らない」

「そうですか……」

黒猫は何か言いかけたようだったが、すぐに沈黙した。

それから言った。

「とにかく、いまわかっているのは、内側からしか施錠できないはずの寝室の鍵がかかっていることです」

「……この中に優歌がいるというのかね？」

「僕にはわかりませんよ。そんなことは」

黒猫は冷淡に言った。山下はドアを激しく叩きはじめた。

「優歌！　いるなら開けなさい！　優歌！」

だが、もちろんドアはびくともしない。

「ほかはもう当たったのだね？」

苛立ちまぎれに山下は黒猫に尋ねた。

「ええ。それに、このドアに鍵がかかっているということは、少なくとも一人はこの中に誰かがいるということ」

「少なくとも、だって？」

「多ければ、二人。だが物音はしない。息を潜めているのか、それとも音が立てられない状態に変化しているのか」

　死んでいる、という表現を、黒猫はあえて使わなかった。しかし、鈍い自分は今頃になって、そうか、ここは寝室で、二人がただならぬ関係にあっていま息を潜めているという可能性もなくはないのか、と気が付いて何だか急に恥ずかしくなった。まったく我ながら遅すぎる気づきだ。

「一応、ここまで解答を絞りこんだところで、僕らは失礼しましょうか」

　これが黒猫としての最良の配慮であることはわかっていた。

　だが、山下はそれを拒《こば》んだ。

「いや、そうはいかない。何としても、あの男を捕まえてくれ」

「であれば、このドアを壊さねばなりません」

「それはできない」

「なぜです？」

「第一に、コストがかかる」

「あなたほどの富豪が木製のドア一つのコストを渋るというのは意外です。それとも、ドアの向こうにある真実を知るのが恐ろしいのですか？」

黒猫は平然とそこに踏み込んだ。思わずこちらが冷や冷やしてしまう。

山下は一笑に付した。

「馬鹿な。君は優歌が浮気をしているとでもいう気かね？」

「いいえ。あなたがそれを恐れているのかと言いたかっただけですよ。恐れていないのなら、早く開けたほうがいい。さっき、そこの彼女が心中の可能性を指摘しましたが、その前には殺人の可能性もあると踏んでいました。僕も可能性自体は否定しません」

「馬鹿な……」

山下の顔が途端に青ざめた。浮気の疑惑について否定したときとはトーンが違う。まさか彼はその可能性をこの段階で少しも疑っていなかったのだろうか？

「じゅうぶんあり得ることですよ。ドアに耳をつけてみればわかりますが、二人の人間が息を潜めているにしては静かすぎる」

「しかし……もし殺人が行なわれたのなら、もう一人がまだ室内にいることになる。逃げられっこないんだ」

「そう。不可能ですよね。この部屋には窓がない」

「だが、実際には音一つしないじゃないか」

黒猫はかぶりを振りながら答えた。

「ですから、音の立てられる状態ではないのでしょうね。たとえば、優歌さんは元木教授に襲われそうになり、咄嗟に彼を殺す。ところが、冷静になって自分が犯した罪を悔やみ、夫であるあなたに迷惑がかからないように、と自死を図る。果たして、その心臓はまだ動いているのかどうか——」

黒猫は決断を促すように、山下を見やった。その視線が、山下の額に汗を浮かばせ、顔面を蒼白にさせた。

8

山下が頭を抱えだして、そろそろ三分が経とうとしていた。

「決断は早いほうがいいですよ。もしかしたら、まだ中の人間は息があるかもしれない」

「くだらん。殺人などと……」

「そうでしょうか？　可能性という意味でなら、じゅうぶんにあり得ることだと思いますよ」

黒猫は暢気に言って、壁によりかかった。それから、思い出したように付け加えた。

「そう言えば、さっき、フェルメールの贋作《オニキスの指輪をした女》を、夫人を探すついでにもう一度観たのですが、まったく新しい発見がありましたよ。あの絵にはフェルメールの絵画の最大の特徴でもある点綴法《ポワンティエ》が使われていました」

「……そうだったかな……忘れてしまったよ」

「おや、ご自身の所蔵品ですよ？　しっかりご覧にならないと」

「しょせん贋作だ……」

「そんなことをあなたが仰ってはいけませんよ。あなたは贋作コレクターなんだから。贋作とオリジナルの間に優劣をつけてはいけない立場です」

「そんなことはどうでもいい！　偽物はしょせん偽物だ！」

そこで、黒猫はにやりとした。

「つまりは、そ、い、い、い、そういうことですね。これで証明は終了です。ドアを壊すことをお勧めしますよ。早くしないと奥様の命が心配だ」

証明終了？

黒猫は一体何を言っているのだろう？

だが、それで山下には通じたようだった。彼はうなだれると、壁際に備えつけられた非常ベルの部分に収納されていた斧を取り出し、高々と掲げた。脳裏にいつぞや見たホラー映画のワンシーンが浮かんだくらい禍々《まがまが》しいショットだった。

山下はそれをドアノブに叩きつけた。

ガン！　と音がしたかと思うと、ドアノブはからりと床に落下した。

そして——扉が開かれた。

恐る恐る、内部に目をやる。白い壁。青いカーペットとベッド。この屋敷の色調を引き継いだその静謐《せいひつ》な空間の中央には、キングサイズのベッドがある。そしてベッドのヘッドボードの向こう側の壁に、フェルメールの複製画と思しき絵画が飾られていた。三人の男女が、何やら室内で楽器を演奏している絵。

そのベッドの上で静かに寝息を立てている女性。サテンの青いドレスに無数のジュエルが煌めいている。

「和歌……さん……？」

一瞬、和歌がよみがえって眠っているのかと思った。だが、すぐにそれが似て非なる女性だと気づく。この女性こそ、かつてのアイドル〈ゆかゆか〉こと山下優歌。

彼女は夫に身体を揺さぶられて目覚めた。

「あら……蟻宇さん……どうしたの？　私、具合が悪くて少し眠ってしまったみたいで」

眠っている時は似て見えたが、ぱっちりとつぶらな瞳で周囲を見回している様子は〈ゆかゆか〉そのものだった。かつてのアイドルは、こちらを怪訝そうに見ていた。頭をおずおずと下げると、彼女も戸惑いがちに下げた。

「あの方たちは……」

言いかけた優歌に山下が抱きついた。

「よかった！　無事でなによりだ！　本当によかった……」

室内には、彼女以外にはいないようだった。

つまり――元木教授は消えてしまったということになる。

「行こう。もうここに僕たちがいる意味はない」

黒猫は踵を返し、階段のほうへ向かいかけた。

が、今一度足を止めると、振り返ってこう言ったのだった。

「山下さん、愛するご夫人のためにも、あなたが正しい決断を下すことを望みます」

その言葉を聞く山下の表情は、悪夢から醒めたばかりの子どものように不安げに見えた。

強欲の皮の下にある気の弱い一面を、垣間見たような気がした。

9

「もう引き上げてしまうの？　そもそも元木教授がどこに消えたのかわかっていないじゃない？」

山下邸の門の外に出るとすぐにそう尋ねた。これ以上の長居は無用だと言うので、中庭のビンゴ大会には結局参加せずに帰ることになったのだ。

陽はまだ高く、空は何にも染まらず白かった。

すると黒猫は澄ました表情で答えた。

「どこに消えたかはわからない。でも、もうここにはいない」

「……だって二階にはほかに逃げられる場所なんて……」

「見てごらん。こっちは中庭の反対側、屋敷の北側だ。僕たちは行きにタクシーが道を間違えたせいで北側から来ることになったね。その時、君は屋敷の二階に一つだけ窓があるのを見たはず。二階のあそこは、ちょうど寝室に当たるんじゃなかったかな？　そして下にはクッションとなる生け垣もある」

「あ……そうよ……え？　でも、どういうこと？　あの部屋には窓なんか……」

確かに行きに屋敷の北側の塀を回って来た時、円形の窓を見た覚えはある。シンプルな建物に一つだけ小さな円形が、まるで建物の目みたいについていたのを覚えている。

そうだ、だからおかしいと思ったのだ。行きに窓を見たのに、家政婦も山下も窓がないと言ったから。

けれど、事実、寝室の部屋のドアを開けたとき、窓なんてなかった。そう思いを巡らした刹那、脳裏にあの絵がよぎる。

「……そっか、絵の裏に」

あれだけの大きさの絵なら、窓の一つくらい覆い隠せる。

「そういうことだね。絵の裏に、窓が隠されていた」

「どうしてそんな大事なことを私たちに隠していたの？」

「山下さんはなるべく僕たちをあの部屋から引き離したかったんだ」

「なぜ？」

「それがなぜなのか、という問題は最初のうち僕にもわからなかった。だが、べつの部屋に、じつはヒントがあってね。そのことについて尋ねたときに、謎が氷解したんだ」

「それって、あのフェルメールの贋作《オニキスの指輪をした女》のこと？」

「そうだよ。僕が言った特徴について、彼はまったく関心を払わなかった。いくら絵に疎くたって、好きで買ったものなら、仮にも贋作コレクターを名乗っている以上、もとの絵との違いに気づきそうなものだ」

「もとの絵……？」

「そう。あの絵は、入れ替わっていた。最初のバージョンには点綴法なんか使われていなかったんだ。フェルメールの特徴としてあの絵画にあったのは、ドレスにラピスラズリを原料とするウルトラマリンブルーが使われていたことくらいさ。それであれだけフェルメールらしさを出せたんだからむしろすごい。ところが、その話をしているのに、彼がまったく関心がなかった。それで僕にはわかってしまったんだ。つまり、山下さんの贋作コレクターって肩書きは大嘘だってね」

「贋作コレクターじゃなきゃ、何なの？　あれだけ贋作を蒐集しているのに……」

「木を隠すなら森の中という。もしも、所有がバレたら世界的なニュースになりかねないような作品を持っていたとしたら？」

「え、オリジナル作品ってこと……？」

「そう。それを隠すために考えたのが、贋作コレクターという肩書きだ。贋作しか持っていなければ、そこに一作本物があっても、誰も本物だとは思わない。ただし、誰にも見られたくないから、特別な場所にかけておいた。たとえば、寝室の壁に」

男女三人が楽器を演奏したり歌ったりしている絵が思い出された。あれは、フェルメールの《合奏》だった。盗難に遭い、長らく行方不明になっているのは有名な話だから、当然複製画、あるいは贋作だろうと踏んでいた。

あれが……本物だったの？

だとしたら、たしかに社会問題に発展するかも知れない。ことによっては、犯罪に関与していることにもなるのだろうか。何しろ、《合奏》は価格をつけるとしたら何十億になるとも言われている。

「それじゃあ、山下さんはその絵を見られたくなくて？」

「そうだろうね。遠目に見ただけだからオリジナルかどうかはわからないが、少なくとも、相当精度の高い贋作ではある。彼は僕の審美眼がいかほどのものかくらい知っているから、僕をあの部屋に入れてしまえばどういうことになるのか、わかっていたんだろう。だから、頑としてあの部屋を開けるのを渋っていた」

「でも、最終的には奥様の命が心配で開けたのね」

「山下さんは山下さんなりに深く彼女を愛しているのだろう。彼は、人を人とも思わずに、アイドルを物質的に捉えてオリジナルか贋作かみたいな見方をしてた。優歌さんを好きになったのも初めは外見がきっかけだったのかも知れないが、結果的に芽生えた愛情は本物だったんだろうね」

「ふむ。まあ、とにかく、元木教授はやっぱり和歌さんを愛していたのね」

「それは本人にしかわからないことさ。ただ、さっきの真贋の話で言えば、元木教授こそ、むしろ贋作の嗜みをしっかりわかっていた人だと思うよ。彼自身が、贋作の制作者でもあるようだしね」

「え……！　も、元木教授が……？」

衝撃が続きすぎて頭がぼんやりしてくる。まるで絵画の迷宮に入り込んだみたいだ。

「君は今日、その作品を目にしていたんだよ」

「嘘……いつ？　どこ……あ、もしかして……」

「そう、フェルメールの贋作《オニキスの指輪をした女》。僕がなぜそれに気づいたのかというと、振り返る女性の顔なんだよ。あれ、誰かに似ていると思わなかった？」

「え、誰に……」

「つんと高い鼻、耳の下にある黒子、伏し目がちの二重瞼……和歌さんだよね」

絵画と、現実が交差する。

ここはいま現実なのだろうか。現実と絵画の違いは何だろう？　それはもはや額縁があるかないかでしかないのか。

少なくとも、あの中には、和歌さんがはっきりと生きていて、こちらを振り返ってみていた。あの絵を見たときに感じたハッとする感じは、顔見知りに意外な場所で遭遇したときのそれだったのだ。

「……本当だ……まったく気づかなかった……」

「君は見てないけど、入れ替えられた絵画は、手法も違えば、振り返った顔のバランスも、鼻の形も、目の感じも違う。何より、黒子がない」

「入れ替えたのは、元木教授ってこと？」

「恐らくビンゴゲームのために人々の関心が中庭に集中したときに音を立てぬようにそっと額（がく）に触れてね。その目的は、もちろん、元の贋作を取り戻すことだった。恐らく、彼は誰かに頼まれて、和歌さんをモデルにしながらフェルメールの贋作を描いたんだろう。それが巡り巡って山下さんの所蔵品となってしまった。まあそれでもビジネス上は問題なかったわけだが、奥さんを亡くしたとき、唯一モデルとして和歌さんを描いたあの絵を取り戻さなくてはと思ったんじゃないのかな。どうせ山下さんの贋作コレクターなんて肩書きはでっち上げだ。審美眼のない者による無分別な蒐集品と一緒にされていることが耐え難くなった元木教授は、このパーティーへの参加という名目で、あの絵を奪う覚悟を決めた。いつもよりわずかにラフな出で立ちだったのは動きやすさを考えてのことだろうね」

「すべては――和歌さんを取り戻すためだったのね……」

「オリジナルにこだわる者と、贋作にこだわる者。両者はじつはまったく逆の志向性をもっていた。山下さんはフェルメールのオリジナル作品にこだわっているが、実際には真贋を見抜く目すらない。画法に関心がないんだからオリジナルにこだわるだけの偽者だ。対して、元木教授は贋作画家ではあるが、画家の本質を摑み、その様式を体得したうえで模倣している。真と贋というのも、一筋縄ではいかない話なのさ」

「ふうむ……深い。私、てっきり本当は妹の優歌さんのことが好きだったのかと思っちゃってた。それだったら嫌だなって」

「アイドルである〈ゆかゆか〉のファンだったのは確かだろう。ファン心理というものも、今後美学でしっかり扱ってもいい分野だと思うが、あれは恐らく崇拝より甘美だが、恋ではない」

「じゃあ、恋って何？」

「恋か……欲と呼びたくない欲のことだろうね。そのような欲は案外尊いものではあると思うんだが、一方欲は欲でもある」

「そ、そうなのかな……」

こういうふうに恋の成分を言い表されると何とも言いようのない気分になりはする。

「とにかく、元木教授の感情は恋じゃなかったんだろう。でも、わからないな。本当は恋だったのかも知れない。そこは我々にはわからないよ。だけど、感情と行動、大事なのはどっちなんだろうね」

「え、どういう意味?」

「つまり、恋愛感情が優歌さんにあったとしても、元木教授が和歌さんを選んだのなら、それが真実だ。もともと好きだったアイドルと、その姉という関係は、惹かれる側から見ればオリジナルと贋作の関係と似ているが、オリジナルと贋作に優劣はない。最終的にどれを選び取るのかというのは、恋愛感情ですらないんだと思う」

恋愛感情ですらない、か。

その言葉に、しっくりくる部分と、もどかしさを感じてもいる自分がいる。自分と黒猫のことを重ねてしまったせいだろうか。

今の自分は――黒猫に恋しているのだろうか。

昔から感情にはっきりとした形を与えずに、そのままここまで来てしまった。黒猫も同じだろう。そしてたぶん、いまの感情は、恋とはまた違ってきている。

「僕はね、結局人生は行動がすべてだと思ってる。そして、誰と行動を共にするのか。恋だとか愛だとかはそうした行為の結果でしかない。誰のとなりで世界を認識していたいのか。元木教授の場合、それは和歌さんだったんだろう。僕の場合、いろいろ考えたけど、ただ一つ確かなのは、君のとなりで苺パフェが食べたいってことかな」

「え……」

足から力が抜けて危うく転びかけた。

「もう、何それ……」

「このあたりにいいカフェがないか、ちょっと散策して帰らないか？」

「いいけどさ……」

黒猫がこちらの手をとって歩き出した。そして言った。

「いま僕はこうして君の手をにぎっている。頭の中はパフェでいっぱいなのに。その場合、僕は贋作かな。オリジナルかな」

「んー、苺パフェのことを考えてるなら、オリジナルなんじゃない？　いつも通りだから」

「そうか。じゃあ苺パフェの中にダイブしながら君のことばかり考えている僕は？」

「んん、その黒猫、想像すると楽しいけど、贋作かな」

「贋作だが、そっちの僕のほうが君の理想には近いかもね」

「あははは、うん、かわいいなと思った。好きかも」

「では、苺パフェに埋もれている僕と、君と手をつないでる僕、結局君はどっちの僕を選ぶだろうか？」

「んん……それは……やっぱりオリジナルのほうかな」

「それはなぜ？　オリジナルと贋作に優劣をつけたから？」

「ちがう。たぶん、黒猫が苺パフェを食べるのをとなりで見てるのが好きだから、かな」

「ね。大事なのは真贋以上に、誰とそれを共にするのか」

「ふむ。そうかも」

たとえ黒猫の脳内が苺パフェでいっぱいでも、苺大福でいっぱいでも、内容がまるごと変わっていても、そして自分のほうさえも変わってしまって、黒猫のことを空気みたいに意識しなくなっても、やはり一緒にいるのではないか。そんな気がした。

それは——たぶん、もう切り離せないものだからなのかも知れない。惰性でもなく、ましてや情でもなく、日々変わっていく自分の、自分自身が何者であるかということの証明だから。怒りも喜びも悲しみも、受け止め、言葉でその輪郭をなぞり続けていくこと。もしかしたら、そのような行為の継続には、感情や欲求以上に必要なものがあるのかも知れない。

だからこそ、言葉で距離を測り続けるのだ。そうして、自分自身がオリジナルのままか、贋作にすり替わっていないかを問い続けていく――。

「そう言えば、ポオの『実業家』についての話が途中だったよね。黒猫は、あのテクストを偽物でお金を稼ぐ話じゃないって言ったけど、どういう意味なの？」

「ああ、それはね、尻尾は英語でなんて言うんだっけ？」

「えっと……tailよ」

「そういうことさ。ポオはtailと〈物語〉を意味するtaleを掛けたんじゃないかな。ほかの仕事はうまくいかず、結局文学でしか食っていけない自分への皮肉でもあろう。ほかにも読み取れる？」

「そこまでヒントを出されればね。また、人々の欲している〈野良猫〉の尻尾という意味では語り手の提供する尻尾は偽物だけど、実際の〈猫〉という意味では、尻尾は本物。〈虚構〉であっても〈現実〉の芯を捉えていれば、それは〈tale〉となる。どう？」

「名解釈だ。物語論であり、真贋に対するポオ流の解釈とも言える」

誰もが他人には理解できない自分だけのtaleを歩いている。現実を見つめながら、日々の答えを探すtaleを。だからこそ、こうして日々言葉を重ねて生きるのだ。

たとえば、黒猫と自分も。

「ねえ、ひとつだけ聞いてもいい？」

やっぱりずっと気になっていることは、尋ねたほうがいい。そう思った。

「いいよ。あ、でもその前に、君に渡すものがある。はい、これ」

「……なに、これ？」

大事そうに持っていた大きな鞄から出して渡されたのは白い箱。開けると、中には額縁があり、溢れんばかりの花々が閉じ込められていた。

「押し花のブーケ。子どもの頃、隣の家に花が好きな夫人がいてね。その人が、美しい花は押し花にしなさいって。君とこうして過ごすようになってから、晴れた日に一輪、花を摘んでは本に挟んでおいたんだ。なかなかちょうどいい本がなかったんだけど、バウムガルテンの『美学』だとちょうどいいかなって」

それで、『美学』が書棚から消えていたのだ。そして、研究室で見つけたとき、素っ気なかったのも、こちらに感づかれると思ったから……。

「本で挟んで乾燥したら額縁に移してって繰り返してたら、いつの間にかこんなに大量に。もうこれ以上は溜めきれないから、とりあえず今日渡すね。次はまた来年かな」

黒猫は、そう言って少し照れ臭そうに微笑んだ。とくに何の記念日というわけでもない。

けれど、その花は、自分たちの過ごした歳月そのままだった。何でもない一日一日のなかに、黒猫が自分のことを考え、自分が黒猫のことを考え続けた印が、たしかにそこにあるような気がした。

「で、聞きたいことって、何？」

「……何でもない」

「ヘンなの」

「ふふふ、いいのいいの」

それからは、黙って歩いた。

歩いた。歩いた。

まるでこれまでの二人の道のりのように。

「いまごろ元木教授、どうしてるのかしら……」

「今頃は、そうだね。きっと、絵のなかの和歌さんと、二人で第二の新婚旅行にでも出かけたんじゃないだろうか。和歌さんが生前、口癖のように言っていた。『私はあの人が教授職を辞めてもちっとも構わないの。絵を描き続けてさえくれればね。私はそれを観る者でありたい』。元木教授は、本来の自分を取り戻すために、どうしても絵のなかの和歌さんが必要だったんだ」

オリジナルの自分。元木教授が、教授職に戻ってくることは、もうないのだろう。でも、それは喜んでいいことなのかも知れない。

現実の人生だって、自分が道を失えば、簡単に偽物に変わっていく。たとえ、絵のなかの視線だったとしても、その瞳で自分の姿が証明されるのなら、それでいい。

いま、自分たちがいるのは現実の世界？

それとも、額縁すらない迷宮の世界？

どっちでもいい。どんなに境界が曖昧でも、そのとなりに、〈私〉を証明してくれる〈あなた〉がいてくれるのなら。

明確なターニングポイントもボーダーラインも要らない。

「ねえねえ、今日の花はもう摘んだの？」

「……いや、まだだね」

「じゃあ一緒に探そう？」

毎日の、平坦な道のどこかに、これまでとこれからを分ける境界線がある。

毎日、毎時間、毎分、毎秒。

そのすべてを、黒猫と越えていこう。

これまでを、これからを。

緩やかな陽光が、二人を追いかけてくる。白日のもとに、二人の影が刻まれる。しっかりと腕に抱えた額縁の中で、幾百の花々が二人の遊歩を、讃えていた。

黒猫と付き人による
〈ラビリンス〉補講

迷宮を抜け出したようなのっぺりした昼の午後には問わず語りをしたくなる。今日は、互いの研究もひと段落したところだ。それで、どちらからともなく散歩に行こうという話になってS公園へやってきた。半分ほど歩いたところで池の前のベンチに並んで座った。

ふう、と息をゆっくり吐き出すと、不意にここ最近出会った謎を振り返ってみたくなった。

「なんだか、今年はいろんな謎に巡り合ってるね。今に始まったことじゃないけど、今までより、現代芸術を身近に感じる出来事が多かったかな。たとえば、『本が降る』

第一話「本が降る」補講

「ん？　あの一件のことを『本が降る』って呼んでるの？　あの大学の学部図書館の脇で、詩人・有村乱暮の本が降ってきた一件だよね」と黒猫はゆるゆると伸びをして尋ねる。

「私の記憶フォルダだと、そういう名前がついてるの。あの一件では、薬物と天才についていろいろ考えたよね。じつはあの一件まで、芸能人が薬物で逮捕されるニュースもよく聞くし、そのたびに作品や放送が回収や規制の対象となるのが割り切れない気持ちだったの」

「毎度失敗をした人を責める人たちがネットに溢れたり、反対に『作品に罪はない』って擁護する人がいたりするしね。騒がしい世の中だ」

「もうネットのお祭り騒ぎは最近の恒例行事みたいなものだよね。でも自分の視点が定まらなくてもやもやしてたの。それがあの事件でいろいろな面で考えさせられたかなぁ」

「〈違法〉なんて時代ごとに変わる。たとえば、いまは、朝起きてから二度寝するのは禁じられてない。でも百年後〈二度寝禁止法〉があったら、〈二度寝した人間が書いた小説〉は違法手段の力を借りた小説だ、なんて言われて非難される日がくるかもしれないね」

「それは……森さんがすごく困るんじゃないかな」

「彼は困るだろうね。二度寝の常習犯だから」

第二話「鋏と皮膚」補講

「僕もじつは今年、個人的に大昔の謎を引っ張り出して解いたんだ。姉の冷花が高校生の頃に、隣の家の夫人の葬儀に七色のドレスを着て現れたことがあった。それは何故なのか。これは、〈タブー〉と〈モード〉の話でもある。やっぱり時代が前進すれば、しぜんと旧社会的な価値観は澱《おり》のように溜まっていく。それが、僕の解こうとした謎の本質にも繫がっていた。煎じ詰めればそれは、モードとは何なのかっていうテーマに辿りつくのかな」

「へえ。今度詳しく教えて。海外のファッションショーの過激で実用性のないデザインの意味とかって、ふだんあまり考えないけど、ああいうものにも本当は意味があるの？」

「もちろん。極端なファッションが増えていくように見えても、モードの本質は変わらない。それは時代に新陳代謝を促すようなものなんだと思うよ」

第三話「群衆と猥褻」補講

「黒猫が担当した〈芸術の不発展〉がもとで起こった事件も大変だったよね。最近は過激な芸術作品に『こんなものは芸術じゃない！』みたいに声を上げる人多いよね。うっかり誹謗中傷を目にすると、やっぱり嫌な気持ちにはなったり……」

「正論でなら人を殴っていいという理屈での発言はあまり感心しないね。群衆はしばしば『言っていいこと』に囚われて本質を捉えられない。文化にせよ芸術にせよ、正論で誰かを叩けるほど我々は正解を持ち合わせていない。自らの視野の狭さに、どれだけ自覚的になれるのかっていうのが、いまの時代ではとても重要になってくるんじゃないかな」

「ふむ。とにかくたいへんな事件だった。おもに私が」

「お疲れ様でした。いろいろ迷惑かけたね」

第四話「シュラカを探せ」補講

「覆面の路上アーティストって謎めいた存在だよね。快傑ゾロみたいで」

「そうだね。シュラカの一件では、君も灰島教授と行動を共にして大いに勉強になったところがあるんじゃない？」

「うん。いまって話題性とか社会的なメッセージが先んじて、だれもそもそもの芸術的価値について語らないよね。その芸術家が現れた事実だけ騒がれて、写真を撮る人で溢れて――」

「その後では作品を消し去った公共機関が責められたりもする。そもそもの価値について誰も確認し合わないのに、消されることには敏感に嘆く。落書きを消し去る公的機関が悪なのか、無思考に一喜一憂する群衆が悪なのか。できれば、僕も君とシュラカを探したかったね」

「え、黒猫、いまのは嫉妬ですか？」

「ちがうね、願望」

第五話「贋と偽」補講

「最後に、贋作とオリジナルに関する謎。いちばん最近出会った事件ね」

「あの事件の本質は、贋作を見たときの感動は本当なのか、という点にあった。科学が発展していけば、今後、真作と贋作の区別はさらに小さくなっていく。その中で真贋の価値を我々はどう定めるべきなのか。思えば、『本が降る』から始まって、先日の謎に至るまで、僕らは正解を隠されたまま踊らされている現代の姿をなぞっていたのかもね。現代は価値の曖昧な世紀だけど、いちばん曖昧なのは価値を決める〈私〉の在りようなんだよね」

「そう。だから今年、私は〈私〉とは何かをすごく考えた気がする。日常って意外と脆い。昨日の当たり前が今日消えるような混沌とした世界では、どう生きるかという自分の現在地からちょっとずつ世界を構築していくしかないってことかな」

黒猫は満足したようにうなずくと、ベンチから腰を上げた。

「今日は一日何もないし、話の続きは家で飲みながら」

「そうだね」

立ち上がり歩き始める。久々に黒猫と歩くS公園。この場所を、来年はどんなふうな気持ちで歩くのか。再来年は、その先は……。

たとえ今と同じ気持ちでなくても。

そのために、今日の一歩がある。

見上げれば、白い光が、二人の行方を照らし出していた。

主要参考文献

『ポオ小説全集Ⅰ』エドガー・アラン・ポオ／阿部知二他訳／創元推理文庫
『ポオ小説全集Ⅱ』エドガー・アラン・ポオ／大西尹明他訳／創元推理文庫
『ポオ小説全集Ⅲ』エドガー・アラン・ポオ／田中西二郎他訳／創元推理文庫
『ポオ小説全集Ⅳ』エドガー・アラン・ポオ／丸谷才一他訳／創元推理文庫
『エドガー・アラン・ポーの世紀　生誕200周年記念必携』八木敏雄、巽孝之編／研究社
『古代芸術と祭式』ジェーン・E・ハリソン／佐々木理訳／ちくま学芸文庫
『チャイコフスキー』伊藤恵子／音楽之友社
『ランボー』チャールズ・チャドウィック／野内良三訳／審美社
『ヴェルレーヌ詩集』ポール・ヴェルレーヌ／堀口大學訳／新潮文庫
『パリ論／ボードレール論集成』ヴァルター・ベンヤミン／浅井健二郎編訳／久保哲司、土合文夫訳／ちくま学芸文庫

『現代アートとは何か』小崎哲哉／河出書房新社
『不思議で美しい「空の色彩」図鑑』武田康男／PHP研究所
『現代美術　ウォーホル以後』美術手帳編集部編／美術出版社
『VOGUE ON　アレキサンダー・マックイーン』クロエ・フォックス／山崎恵理子訳／ガイアブックス
『バンクシー　アート・テロリスト』毛利嘉孝／光文社新書
『江戸の人気浮世絵師』内藤正人／幻冬舎新書
『中心の喪失　危機に立つ近代芸術』ハンス・ゼードルマイヤー／石川公一、阿部公正訳／美術出版社
『私はフェルメール　20世紀最大の贋作事件』フランク・ウイン／小林頼子、池田みゆき訳／ランダムハウス講談社
『アメリカンルネサンスの現在形』増永俊一監修／小田敦子、難波江仁美、西谷拓哉、西山けい子、丹羽隆昭、前川玲子／松柏社
『芸術の言語』ネルソン・グッドマン／戸澤義夫、松永伸司訳／慶應義塾大学出版会
『芸術学ハンドブック』神林恒道、潮江宏三、島本浣編／勁草書房
『美学辞典』佐々木健一／東京大学出版会
『美学のキーワード』W・ヘンクマン／K・ロッター編／後藤狷士、武藤三千夫、利光功、神林恒道、太田喬夫、岩城見一監訳／勁草書房

本書は書き下ろしです。

第1回アガサ・クリスティー賞受賞作

黒猫の遊歩
あるいは美学講義

森 晶麿

でたらめな地図に隠された意味、喋る壁に隔てられた青年、川に振りかけられた香水……美学を専門とする若き大学教授、通称「黒猫」と、彼の「付き人」を務める大学院生は、美学とエドガー・アラン・ポオの講義を通して日常にひそむ謎を解きあかしてゆく。第1回アガサ・クリスティー賞受賞作。解説／若竹七海

ハヤカワ文庫

黒猫の刹那
あるいは卒論指導

森 晶麿

大学四年生の私は卒論と進路に悩む日日。そんなとき、いつもゼミで黒いスーツを着ている男子学生と出会う。ある事件をきっかけに彼から〝卒論指導〟を受けて以降、彼の猫のような論理の歩みと鋭い観察眼が気になり始め……『黒猫の遊歩あるいは美学講義』の三年前、黒猫と付き人の出会いを描くシリーズ学生篇

ハヤカワ文庫

黒猫の接吻
あるいは最終講義

森 晶麿

黒猫と付き人はバレエ『ジゼル』を鑑賞中、ダンサーが倒れるハプニングに遭遇する。五年前にも同じ舞台、同じ演目でバレリーナ死亡事件が起きていた。付き人は黒猫の過去と事件の関連に悩むが、黒猫は何も語らない……クリスティー賞受賞作『黒猫の遊歩あるいは美学講義』に続くシリーズ第二弾。解説／酒井貞道

黒猫の薔薇あるいは時間飛行

森晶麿

黒猫の渡仏から半年。付き人は博論に挑むが、つい黒猫のことを考えてしまう。そんなとき、作家・綿谷埜枝の小説に「アッシャー家の崩壊」の構造を見出す。一方黒猫は恩師の孫娘の依頼で、ある音楽家の音色が変わった原因を調べ始める。日本とパリでそれぞれ謎を解く二人は……シリーズ第三弾。解説／巽孝之

ハヤカワ文庫

黒猫の回帰 あるいは千夜航路

森 晶麿

パリで大規模な交通事故が発生。深夜、そのニュースを知った付き人は、渡仏した黒猫の安否が気になっていた。落ち着かない気分のまま朝を迎えた付き人の元に、大学院の後輩・戸影からペルシャ美学の教授が失踪したと連絡が入る。黒猫のことが気になりつつ、付き人は謎を追う——シリーズ第六弾。解説／大矢博子

ハヤカワ文庫

未必のマクベス

早瀬 耕

IT企業Jプロトコルの中井優一は、バンコクでの商談を成功させた帰国の途上澳門《マカオ》の娼婦から予言めいた言葉を告げられる――「あなたは、王として旅を続けなくてはならない」。やがて香港法人の代表取締役となった優一を、底知れぬ陥穽が待ち受けていた。異色の犯罪小説にして痛切なる恋愛小説。解説／北上次郎

ハヤカワ文庫

著者略歴　1979年静岡県生，作家　『黒猫の遊歩あるいは美学講義』で第1回アガサ・クリスティー賞を受賞。他の著作に〈黒猫〉シリーズ，『四季彩のサロメまたは背徳の省察』『人魚姫の椅子』『探偵は絵にならない』（以上早川書房刊）などがある。

HM=Hayakawa Mystery
SF=Science Fiction
JA=Japanese Author
NV=Novel
NF=Nonfiction
FT=Fantasy

黒猫《くろねこ》と歩《あゆ》む白日《はくじつ》のラビリンス

〈JA1449〉

二〇二〇年九月二十日　印刷
二〇二〇年九月二十五日　発行
（定価はカバーに表示してあります）

著者　森《もり》　晶《あき》麿《まろ》
発行者　早川　浩
印刷者　草刈明代
発行所　株式会社　早川書房
郵便番号　一〇一 - 〇〇四六
東京都千代田区神田多町二ノ二
電話　〇三 - 三二五二 - 三一一一
振替　〇〇一六〇 - 三 - 四七七九九
https://www.hayakawa-online.co.jp
乱丁・落丁本は小社制作部宛お送り下さい。
送料小社負担にてお取りかえいたします。

印刷・中央精版印刷株式会社　製本・株式会社明光社

ISBN978-4-15-031449-1 C0193

本書は活字が大きく読みやすい〈トールサイズ〉です。